파라다이스

성큼
'성큼'은 책쓰기 과정을 통해 자신의 꿈에 망설임 없이 시원하고 빠르게 한 걸음
성큼 내딛어 미래의 나로 이어주는 디딤돌로 삼고자 만든 운암고 책쓰기 동아리입니다.

파라다이스
초판 1쇄 인쇄_ 2014년 6월 5일 | **초판 1쇄 발행**_ 2014년 6월 10일
지은이_임영성·오하영·최재식 | **펴낸이**_진성옥 · 오광수 | **펴낸곳**_꿈과희망
디자인 · 편집_김창숙, 박희진 | **마케팅**_최대현, 김진용
주소_서울시 마포구 토정로 222 B동 1층 108호
전화_02)2681-2832 | **팩스**_02)943-0935 | **출판등록**_제1-3077호
http://www.dreamnhope.com| e-mail_ jinsungok@empal.com
ISBN_978-89-94648-67-5 43810
※ 책 값은 뒤표지에 있습니다.
※ 새론북스는 도서출판 꿈과희망의 계열사입니다.
ⓒPrinted in Korea. | ※ 잘못된 책은 바꾸어 드립니다.

paradise

파라다이스

임영성, 오하영, 최재식 지음

꿈과희망

차례

당신들의 흐리멍덩한 눈보다 나은 그곳

그 녀석을 처음 보았을 때, 창문 너머로 녀석이 내게 그렇게 물었었다. 외부의 고양이는 처음 본 까닭에 나는 너무 놀라 입만 우물거릴 뿐 아무런 대답도 하지 못했다. 온 몸에 어둠을 끼얹은 듯 새카만 털에 반짝이는 갈색 눈동자. 같은 고양이임에도 그 아이에겐 나와 다른 이상한 냄새가 났다. 하지만 그 냄새가 결코 나쁘게 느껴지진 않았다. 그냥 '낯설' 뿐이었다.

임영성

1

바깥녀석이 나를 찾아오지 않은 지 벌써 3일째. 다른 동네로 가 볼 생각
이 있다던 녀석이 진짜 이 동네를 뜬 모양이다. 내게 작별 인사도 없이 가버
릴 녀석은 아닌데……. 바깥녀석은 대체 어떻게 된 걸까? 나는 창문 창살에
기대어 녀석의 검고 딱딱했던 털의 감촉을 떠올렸다.

─답답하지 않냐?

그 녀석을 처음 보았을 때, 창문 너머로 녀석이 내게 그렇게 물었다. 외
부의 고양이는 처음 본 까닭에 나는 너무 놀라 입만 우물거릴 뿐 아무런 대
답도 하지 못했다. 온 몸에 어둠을 끼얹은 듯 새카만 털에 반짝이는 갈색 눈
동자. 같은 고양이임에도 그 아이에겐 나와 다른 이상한 냄새가 났다. 하지
만 그 냄새가 결코 나쁘게 느껴지진 않았다. 그냥 '낯설' 뿐이었다.

녀석은 내 대답을 기다리다가 지쳤던지 다시 한 번 입을 열었다.

─불쌍한 녀석.

나는 울컥해서 소리쳤다.

─주인도 없는 주제에 누가 누구보고 불쌍하다는 거야! 멍청이 같으니라
고…….

녀석은 나의 말에 기분 나쁜 기색도 없이 웃더니, 꼬리를 창살에 한 번 훑
듯 흔든 후 이내 눈앞에서 사라져버렸다. 나는 그때부터 그 녀석을 '바깥녀
석'이라 부르게 되었다.

바깥녀석. 주인도 없이 바깥에 혼자 돌아다니는 불쌍한 녀석.

바깥녀석은 그 후로 매일 나를 찾아왔다. 처음에는 창문을 중앙에 둔 채

몇 마디도 못 했지만, 조금 지나자 서로의 얼굴을 마주보며 제법 긴 이야기를 나눴다. 나는 집안 고양이답게 안 이야기, 바깥녀석은 바깥 고양이답게 바깥 이야기.

우리는 이야기를 통해 서로의 세계를 만났다. 나의 이야기와 다르게 바깥녀석의 이야기는 흥미로웠다.

─너 나한테 주인이 없다고 했냐? 멍청이는 너야! 바깥세상에 나가면 모든 사람이 주인이야. 내가 지나가면 모두 먹을 걸 던져주는데, 소시지라는 거 넌 먹어나 봤냐? 그게 얼마나 맛있냐면…….

바깥녀석이 말하는 바깥세상은 의식주 걱정이 필요 없고, 자신이 곧 자신의 '주인'이 될 수 있다고 했다. 그런 세상을 이렇게 부른다고 했는데 뭐더라…… 바깥녀석이 말해 줬는데…… 까먹었다. 바깥녀석이 다시 찾아온다면, 그때 그 단어가 무엇이었는지 물어봐야겠다.

녀석의 이야기를 듣고 있으니, 나도 바깥세상으로 나가고 싶었다. 내가 사는 세상보다 넓고, 아름답고, 행복한 세상. 좁은 방이 아닌 가도 가도 끝이 없는 세상.

─나도 네 세상에서 살고 싶어……. 나도 멋진 세상에서 살래.

내가 애가 타서 말하자, 바깥녀석은 이빨을 보이는 그 특유의 웃음을 지으며,

─그곳을 빠져나와서 날 기다려. 난 언제나 이곳을 찾아올 테니까.

하고는 자기 앞발을 창살에 얹었다. 악수라는 걸 하자는 뜻이었다. 녀석이 말해 줬는데, 사람들은 친근함의 표시로 이렇게 손을 포갠다고.

창살을 사이에 두고 바깥녀석과 악수를 하려는데, 갑자기 방문이 열렸다. 주인이 온 것이다.

문이 열리는 소리에, 녀석은 자신의 항문을 적나라하게 보이며 재빠르게 도망갔다. 나는 바깥녀석의 뒷모습을 한 번 힐끔거리고는, 열리는 방문으로

시선을 돌렸다.

그게 내가 본 바깥녀석의 마지막 모습이었다. 그 후 3일간 바깥녀석은 나를 찾아오지 않았다. 언제나 이곳을 찾아 올 거라고, 웃으며 장담했으면서.

나는 창살 위에 앞발을 올렸다. 그렇게라도 하면 녀석이 찾아와 자신의 앞발 또한 창살 위에 얹어줄 것만 같았다.

앞발 사이로 쓸쓸한 바람이 파고든다.

2

어둠을 품고 있던 방이 환해지면, 언제나 주인이 방문을 연 채, 언제 봐도 적응 안 되는 하얀 얼굴로 우리를 둘러보고 있다.

―하나, 둘, 셋, 넷……

주인의 입이 움직이는 걸 일제히 바라보며, 우리는 경직된 자세로 자기 자리에 선다. 자고 있던 고양이라도 예외는 없다. 주인의 입이 멈추면 우리는 '야옹' 하고 아무 감정 없이 외치며 주인에게 터벅터벅 걸어갔다.

주인의 다리에 털을 비비는 의미 없는 행위가 끝나면, 그제야 모든 고양이들은 안심하고 자기 자리로 돌아갔다. 제일 마지막으로 할 일을 마친 나는 허둥지둥 창가 자리로 돌아왔다. 혹시나 주인의 눈에 잘못 띄면 큰일이니까.

주인은 다행히도 만족한 모양인지 다시 불을 끄고 방에서 나갔다. 방문이 닫히고 얼마 지나지 않아, 밖에 현관문이 닫히는 소리가 작게 들려왔다.

소리가 잠잠해지자, 고양이들이 만남의 장소인 방문 오른쪽 구석으로 모여들기 시작했다. 아침 집회가 시작된 모양이다.

―오늘은 모두 빠짐없이 모여주세요.

최고로 나이가 많은 노란 털의 고양이가 쇠약한 목소리로 말했다. 나는 가기 귀찮았지만 늙은 그가 불쌍하게 느껴져, 하는 수 없이 고양이들이 모이고 있는 구석으로 걸어갔다.

―할 말이 있습니다……

그의 목소리는 오늘 따라 더 힘이 없었다. 털에도 윤기가 없었고, 원래 윤기가 없었지만, 눈도 전보다 불투명해져 있었다. 나이가 들 대로 들어 움직이기도 힘든 그다. 오늘도 힘든 걸 참으며 모든 일을 마쳤으리라.

모든 고양이가 구석으로 모이자 그의 주위로 알록달록한 털들로 넘쳐났다. 총 8마리의 고양이들. 털들이 가끔 입으로 들어와서 나는 자꾸만 털을 뱉어냈다.

그는 목소리를 한참이나 가다듬었다. 꼭 마지막 말을 하는 고양이마냥. 그렇게 좋은 소리가 날 때까지 계속 흠흠거리더니, 한숨을 푹 쉬고는 이야기하기 시작했다.

─저는 이제 수명을 다한 거 같습니다. 오늘도 정말 이를 악물고 모든 걸 했지요. 하지만, 더 이상 먹이를 먹을 성한 이도 없고, 움직일 힘도 없습니다. 그래서…….

모든 고양이는 그가 할 말을 이미 예상하고 있었다. 하지만 모두 그의 말을 집중해서 들었다. 내 예상이 맞다면, 이것은 그의 마지막 말이 되리라.

─주인이 와도 아무것도 하지 않을 것입니다…….

그의 연설이 아니, 유언일지도 모를 말이 끝나고, 모두들 아무런 말도 하지 못한 채 자기 자리로 돌아갔다. 자리로 돌아가는 동안, 형형색색의 털들이 밟혔다. 나는 짜증스럽게 그걸 옆으로 밀어 버렸다. 그래도 다른 고양이의 똥을 밟았을 때보단 기분이 역하지 않았다.

나는 창가에 자리를 잡고 누웠다. 그리고 그가 있는 구석 자리를 보았다. 그는 겉으론 편안해 보였지만, 그의 껍데기 속에는 불안의 소용돌이가 치고 있을지도 모를 일이다. 나는 그를 더 이상 바라볼 수 없어 눈을 감았다.

눈을 감은 채, 새로 들어올 신입 고양이는 어떨까를 생각했다. 그 고양이는 사납지 않았으면 좋겠다. 예전에 들어왔던 말괄량이 암고양이처럼 하루만에 주인의 방으로 끌려가면 안 되니까. 신입 고양이 교육은 아마 그가 나가고 나면, 두 번째로 나이 많은 고양이가 하겠지.

나는 털이 없음에도 자꾸만 입에서 털을 뱉어내는 시늉을 했다. 입에 자꾸만 털이 들어가는 느낌이 들었다.

아침 집회가 끝나고 방 안은 한동안 쥐 죽은 듯 조용했다. 주인은 올 시간이 되었음에도 오지 않았다. 나는 눈을 떠서 주위를 둘러보았다. 카펫마냥 깔린 형형색색의 털들과 신문지 위에 냄새나는 배설물들, 시력이 나빠져서인지 고양이들이 흐릿하게 보였다.

방의 공기는 뜨거웠고, 더러운 냄새가 진동했다.

얼마나 지났을까? 모두들 굶주려 야옹, 야옹 아우성을 치는데 때마침 주인이 방으로 들어왔다.

주인이 뭐라 말하고는 커다랗고 납작한 그릇에 음식물을 붓자, 모든 고양이들이 스프링처럼 튀어나와 미친 듯이 음식물을 삼켰다. 맛이 없더라도, 30번 이상 삼키는 게 주인의 시야에서 벗어나는 길이다.

오늘 음식물은 일주일간 먹었던 것 중에 제일 역겨웠다. 색깔도 어두웠고, 식감은 물컹물컹했다. 나는 다시 뱉고 싶은 충동을 최대한 참으며 계속, 꿀꺽꿀꺽 삼켰다.

속으로 수를 세면서 딱 30번을 삼키고는 그릇에서 벗어나는데, 순간 다리에 힘이 풀렸다.

음식물을 열심히 삼키고 있는 고양이들 너머로 그가 공중에 떠 있었다. 주인이 그를 들고 있었다. 그는 목덜미가 잡힌 채로 대롱대롱 주인의 둔탁한 손에 잡혀 있었다. 나는 그대로 얼어 그 광경에 시선을 고정했다.

주인이 음식물을 한 움큼 손에 쥐어서는 그의 입에 억지로 집어넣으려 했다. 하지만 그는 입을 열지 않았고, 음식물은 힘없이 그의 수염에 흘러내리며 바닥에 떨어졌다.

주인이 갑자기 미친 듯이 껄껄대며 웃더니, 일그러진 얼굴로 한참 그를 노려봤다.

터벅,

터벅,

터벅.

주인의 발걸음 소리에 모든 고양이가 고개를 든다.

터벅,

터벅,

터벅,

텅!!!

문이 닫혔다. 모두들 자기 자리로 돌아갔다. 몸속에서 심장이 두근거리는 소리가 선명하게 느껴진다.

밖에서 그의 비명소리가 희미하게 들려왔다. 그가 힘을 내서 내는 그의 진짜 마지막 목소리. 모두들 숨죽여 그 소리를 들었다. 내가 살아 있는 동안의 벌써 4번째의 일. 바깥녀석이 나를 찾아오지 않은지도…… 4일째.

갑자기 마음속에서 무언가 뜨거운 것이 올라왔다.

—언제까지 이렇게 살 거예요? 아침 집회 회장도 잡혀갔다고요! 그는 다른 고양이들처럼 이곳에 다시는 돌아올 수 없을 거예요……. 나는 여기서 나갈 거예요! 저번에 봤죠? 내 바깥 친구. 그 친구가 사는 세상은 정말 좋대요. 이렇게 죽지 않으려고 주인한테 복종하는 우리랑 달라! 나는 빠져 나갈 거야.

너무 크게 말했나, 나는 말해놓고 잠시 위축되어 있었다. 다행히 주인은 듣지 못했는지, 방으로 들어오지 않았다.

고양이들은 저마다의 눈동자를 나에게 향한 채, 침묵하고 있었다. 누군가는 말하겠지 하는 표정으로 주위를 둘러보기도 했다.

—네가 무슨 수로 빠져나갈래? 하찮은 고양이 주제에.

침묵을 뚫고, 나보다 젊은 고양이가 비아냥거렸다. 나이가 많은 고양이가 먼저 입을 열 줄 알았는데 의외였다. 거기다가 반말을……. 흐르는 물마냥 잘 나오던 말문이 턱— 막혔다. 맞는 말이었다. 내가 무슨 수로 밖을 나가지?

주인이 들어올 때만 문은 열려 있고, 주인은 방에 들어와서도 방문 근처에 있다. 방을 빠져나가는 건 어렵지 않다. 문제는 현관문이다. 방을 빠져나간 후 현관문이 닫혀 있으면 나는 주인의 손 안에 있는 거나 다름없다.

거기까지 생각에 다다르자, 나는 반박할 수 없었다.

—으어어억!

문틈 사이를 비집고 들리는 그의 마지막 비명 소리. 그리고 찾아온 차가운 고요.

나는 한참 그냥 시선을 아래로 향한 채 굳어져 있다가 힘없이 자리로 돌아갔다. 그리고 창문 철장에 기댄 채 자기 자리로 돌아가는 고양이들의 발걸음 소리를 들으며 눈을 감았다. 누군가의 발걸음 소리가 점점 볼륨을 올리듯 나를 향해 오고 있었다.

—저 고양이는 죽을 때가 다 돼서 죽은 것일 뿐일세……. 젊은 고양이여, 너무 속상하게 생각하지는 마. 바깥 고양이한테 현혹될 필요도 없고 말이야. 우리의 세계는 우리를 충분히 떠받치고 있다네.

발소리는 다시 멀어졌다. 나는 보지 않아도 내게 말을 남긴 고양이가 그가 죽기 전 나이가 두 번째로 많은 고양이라는 걸 알 수 있었다.

3

그와 바깥녀석이 내 흐릿한 눈동자 속에 없어진 후부터 나는 달라졌다. 주인에 대한 공경은 개미만큼도 남김없이 소멸했고, 방 안 고양이들과 가끔 하던 사소한 대화도 더 이상 하지 않았다. 그냥 벙어리처럼 하루 종일 창밖만 보고 있었다. 다른 고양이들도 나를 요주의 고양이로 낙인찍었는지 일부로 말을 걸려 하지 않았다.

그래도 주인에 대한 격식은 저버리지 않았다. 왜 그런지 모르겠다. 아직은 살고 싶은 건가? 나도 모르는 나의 무의식이, 아니면 나의 육체가? 그 의지를 가지고 있는 건 진짜 '내'가 아니라는 것만은 확실하다.

그렇게 계속 지내오던 내게, 변화가 생겼다.

바깥녀석이 오지 않은 지 14일이 되고, 그가 사라진 지 10일이 된 날. 주인이 고양이를 데리고 왔다. 처음 보는 새하얀 털에 파란 눈을 가진 암고양이. 그녀는 어두운 방에서 유일하게 빛나고 있었다.

―이곳에 온 것을 환영하네, 젊은 고양이여. 인사는 차차하고 여기의 룰을 설명해 주지.

그가 없는 지금 이제 가장 늙은 고양이는 그녀와 자신의 자리에서 이야기를 나눴다. 내가 본 그녀는 푸른 눈만큼 차가운 분위기를 풍겼고, 시선은 가시가 돋친 것마냥 날카로워, 다른 고양이들이 눈을 마주치기 어려웠다. 그래도 그 눈은 호수처럼 맑았다. 흐리멍덩한 다른 고양이들의 눈과는 달랐다. 하지만 저 눈동자도 시간이 지나면 흐려지겠지.

그녀에게 말을 걸고 싶었지만, 그냥 속으로 계속 질문을 했다. 어디서 왔니? 나이는 몇 살이니? 아, 나이는 나보다 어려 보여. 바깥녀석이라면 너에게 살갑게 먼저 말을 걸었을 텐데······.

나는 어렸을 때부터 다른 고양이에게 먼저 말을 걸지 못했다. 언제나 누군가 먼저 말을 걸기를 기다렸다. 그래서 이번에도 그녀가 먼저 말을 걸기를 기다릴 뿐이다.

그녀는 방안에서의 생활에 점차 적응해 나갔다. 그러면서 그녀의 눈동자도 회색 물감을 섞은 듯 점차 흐릿해져갔다. 하지만 차가운 그녀의 표정은 언제나 변함없었다.

그렇게 계속 시간이 흘러갔다.

—아직도 바깥세상에 미련 못 버렸냐?

여느 때처럼 시선을 창 밖에 고정한 채 있을 때 어디선가 들리는 누군가의 목소리. 나는 목소리의 동선을 따라 고개를 젖혔다. 한 번쯤은 본 적 있는 익숙한 얼굴들의 고양이 세 마리가 내 앞에 서 있었다. 그들은 하나같이 어린 티가 확연했다. 나는 할 말이 없어 입을 벌리려다 그냥 닫아버렸다.

—말도 못하나보네, 이제. 봐봐, 꼴이 말이 아니야! 킬킬킬.

중앙에 서 있던 회색 털의 고양이가 그렇게 비아냥거리며 앞발로 내 턱을 잡아 내 고개를 이리저리 흔들었다. 나는 아무 느낌도 들지 않았다. 모두와의 소통을 끊고 지낸 지 오래되어서인지 꼭 방안의 사물이 된 것마냥, 생물이라는 것을 잊은 것마냥, 그냥 할 말이 없었다. 그래서 다시 창가로 시선을 옮겼다. 그 모습에 회색 털의 고양이가 얼굴을 붉히며 내 뺨을 앞발로 후려쳤다.

−말 좀 해봐, 이 벙어리야!

그래도 내가 가만히 있자, 더 약이 오른 회색 털의 고양이가 다른 고양이들을 불러 나를 집중적으로 때리기 시작했다. 모두의 시선이 집중됐다. 고양이가 고양이에게 맞는 일은 내가 살아 있는 동안 이번이 처음이었다. 하지만 아무도 말리지 않았다. 어린 고양이의 반항은 누구도 말리기 힘들다. 모두들 그냥 잠자코 바라만 볼 뿐이다.

이리 차이고 저리 차이고, 아픔이 번지는데도 나의 정신은 무감각했다.

−그만해!

맞는 소리만 공기에 울려 퍼지던 때에 앙칼진 암고양이의 목소리가 내 귀에 세게 던져졌다. 나는 처음으로 능동적으로 목소리의 주인을 살핀다. 하얀 암고양이, 그녀.

−이게 무슨 짓이야! 나이도 한참 어린 주제에, 윗고양이한테 감히.

−그럼 너는 신입 고양이 주제에 겁도 없이 덤비냐?

회색 털의 고양이가 비열하게 웃었다.

−밖에 나가고 싶은 게 그렇게 나쁜 거야? 너는 너와 다르면 무조건 나쁜 거니?

−그래, 나쁜 거야. 나는 선량한 고양이거든. 나와 다른 건 선량한 고양이의 기준을 벗어나는 행동이란 말씀이지.

−너희 같은 고양이들을 내가 잘 알지. 주인에겐 빌빌거리면서 자기보다 약한 고양이에겐 강하고, 허세에 정의란 눈곱만큼도 없어!

−뭐야? 이게 봐주니까!

회색 털의 고양이가 앞발을 들어 그녀를 할퀴려 했다. 나는 순간 온몸의 감각이 하나하나 되살아남을 느꼈다. 분노라는 감정이 나를 사물에서 하나의 생명으로 전환시켰다. 나는 본능적으로 그녀를 할퀴려는 고양이의 앞발을 잡았다. 힘이 잔뜩 들어간 앞발이 고양이의 팔을 짓눌렀다. 회색 털의 고양이가 하이 톤의 비명을 지르며 나자빠졌다.

　─이씨, 다들 저놈한테 덤벼!

바닥에 쓰러진 채 회색 털의 고양이가 다른 두 고양이에게 소리쳤다. 두 고양이가 내게 덤벼들었다. 나는 그들과 뒤엉켜 치열한 사투를 벌였다. 쓰러져 있던 회색 털의 고양이까지 합세하려는 그때였다.

　─그만들 하게나!

늙은 고양이가 참지 못하고 소리를 질렀다. 방안을 가득 메울 만큼 큰 소리였다. 그가 그렇게 큰 목소리를 가지고 있었는지 나는 그때 처음 알았다. 모두들 하던 동작을 멈췄다.

　─다들 자기 자리로 돌아가! 주인에게 걸려 잡혀가기 싫으면!

세 고양이가 눈치를 보며 자기 자리로 돌아갔다. 입으로는 욕을 중얼거리면서.

털이 엉망진창이 된 내게 그녀가 왔다.

　─괜찮아요?

나는 넋이 나간 채 고개를 끄덕였다. 그녀의 걱정스럽던 표정이 환해졌다. 어느새 차가움이 녹아내린, 따스한 그녀의 눈동자가 내 머릿속에 깊이 각인되었다.

모두들 잠든 밤.

그리고 바깥녀석을 안 본 지 20일이 된 날.

또 한 마리의 고양이가 주인에게 잡혀간 그 날.

그녀가 다시 내게로 왔다.

　─다른 고양이들에게 들었어요. 당신이 이곳을 빠져나가려 하는 미친 고양이라고.

내가 잠들지 않았다는 걸 알고 말을 걸었는지는 모르지만, 그녀는 파랗게 빛나는 눈동자를 내게 겨냥한 채 그렇게 말했다. 깊고 좁은 목소리. 그녀의 목소리는 어딘가 아득한 곳에서 들려오는 듯이 몽환적이었다.

─사실 나도 미친 고양이거든요, 당신처럼. 시력이 더 나빠지기 전에 빨리 이곳을 빠져나가고 싶어요.

나는 말을 하려 입을 열었지만, 처음엔 아무 말도 나오지 않았다. 하지만 속으로는 계속 그녀에게 말을 걸었다. 네가 어떻게? 무슨 수로? 내가 너와 같은 말을 하고 얼마나 비웃음을 당했는지 듣기나 했어?

─네……

속으로 말을 했을 뿐인데, 그녀가 대답했다.

─당신은 제가 어리석어 보이겠죠. 저를 속으로 비웃고 있을지 모르겠지만, 저에겐 생각이 있어요. 그러기 위해선 당신이 필요해요.

처음으로 그녀의 파란 눈동자와 마주한 순간, 나는 그녀의 눈동자가 더이상 맑지 않다는 걸 알 수 있었다. 오염된 눈동자, 하지만 그녀의 눈에 가득 찬 뚜렷한 확신.

나는 나와 같은 생각을 가진 고양이가 그녀라서 다행이라고 생각했다.

─앞으로 차차 생각해 보고……. 오늘은 그만 잠을 자는 게 좋겠어.

오랜만에 입 밖으로 외출을 한 목소리는 가늘게 떨렸고, 갈라졌고, 괴상했다. 내 목소리가 아닌 것 같았다. 하지만 말을 했다는 것 자체가 놀라웠기 때문에 오히려 기뻤다.

일단 그녀의 제안에 대해 생각할 필요가 있었다. 마음만으로는 그녀의 말에 바로 승낙하고 싶었지만, 이것은 마음만으로 되는 문제가 아니었다.

준비 됐을 때 그녀와 이야기를 나눌 것이다.

그녀는 순순히 돌아갔고, 나는 창가로 눈을 돌렸다. 좁은 골목길로 자동차 불빛이 약간의 소음과 함께 스며들었다.

4

소시지가 잔뜩 쌓여 있는 도시 위에 바깥녀석과 내가 뛰어다니고 있었다. 가끔 푹신한 소시지가 발에 밟혔고, 나는 소시지의 고소한 맛을 입안으로 느끼며 하하호호 웃고 있었다.

바깥녀석은 나와 같이 계속 뛰다가, 갑자기 눈에 기이한 빛이 일더니 내 반대쪽으로 냅다 뛰었다. 나는 그런 녀석을 쫓았다. 그런데 녀석이 어느 순간 바람처럼 사라졌다.

나는 혼자였다.

─일어나세요.

눈을 뜨자, 그녀가 나를 내려다보고 있었다. 꿈이었다는 걸 깨달은 나는 어안이 벙벙해서 잠시 그녀를 멍청하게 쳐다봤다. 그녀는 햇살처럼 밝게 배시시 웃고 있었다.

'왜 그런 꿈을 꾼 거지? 어제까지만 해도 그녀의 말을 승낙하려 했었는데, 꿈 내용이 이렇게 뒤숭숭해서는⋯⋯.'

그녀는 계속 나를 따라다녔다. "언제 대답해 줄 거에요?"라는 말을 기계처럼 반복하며. 가끔, 고양이들이 우리의 조합이 신기했던지 호기심에 말을 걸기도 했다.

─왜 대답을 안 하느냐구요!

그녀가 참지 못하고 갑자기 소리를 냅다 질렀다. 화가 난 그녀의 얼굴. 그것은 색깔로 치면 짙은 파랑색. 다른 고양이들의 시선이 순식간에 내게 쏠렸다. 주인이 집을 나선, 시원한 오후였다.

─아직 마음의 준비가 되지 않았어……. 그러니까 조용히 해. 고양이들이…….

─빨리 결정해요! 나는 하루라도 빨리 이곳을 빠져나가야 할 이유가 있으니까!

그녀는 자기 자리로 가버렸다. 나는 그녀를 잡지 않았다.

하루가 지났다. 그녀는 다른 고양이들을 꼬드기기 시작했다. 꼭 나에게 그 모습을 보여주고 싶은 듯이 계속 내 쪽을 힐끔거리면서, 그녀는 모든 고양이들을 찾아갔다.

나는 계속 머릿속에 그 꿈을 재생시켰다. 홀로 남겨지는 나의 모습을 볼 때마다 알 수 없이 불안했다. 하지만 불안함과 함께 이 세계에서 나가고 싶은 충동 또한 컸기 때문에, 두 정서가 희석되어 나도 내 감정의 내용물을 알 수 없었다.

아무도 그녀의 제안을 들어주지 않았는지, 다시 구석으로 가서 한숨을 쉬었다. 그러곤 나를 봤다. 눈이 마주쳤지만, 나는 시선을 옮기지 않았다.

약 몇 초간 우리는 서로를 바라만 봤다. 눈빛으로 말했다. 나는 보았다. 그녀의 애절한 눈빛, 밖으로 나가야만 한다는 눈빛.

그녀가 다시 내게로 걸어왔다. 그리고 창가에 몸을 기댄 채 어깨를 움츠렸다.

─밖에 가족…… 없죠?

나는 고개를 끄덕였다.

─근데 왜 나가고 싶은데요?

─만나고 싶은 사람이 있어.

─나는 밖에 가족이 있어요.

그녀는 창밖을 보며 씁쓸하게 웃었다.

―주인도 있어요.

그녀가 밖으로 나간 건 순전히 호기심 때문이었다. 열린 현관문을 보고, 잠깐만 밖에 나갔다 오자 하며 엄마와 동생들을 두고 나왔다. 계단을 내려 갔다. 재미가 들려 계속 내려갔다.

마침내 밖으로 나왔을 때, 처음으로 햇살을 온몸으로 받아냈다. 창문보다 넓은 하늘을 보았다.

그리고, 새로운 주인을 만났다.

―그냥 순순히 따라갔어요. 통조림을 뜯어주는 손길에 아무 의심이 없었 어요. 그러다가, 어느 순간 이곳에 와 있었죠.

그녀의 이야기는 또 다시 나를 다른 세계로 인도했다. 나는 그녀와 달랐 다. 그녀에게는 이 세계가 두 번째지만, 나는 처음부터 이 세계의 고양이었 다. 처음부터 그가 내 주인이었고, 엄마? 동생? 그게 뭔지도 모른다. 나는 처 음부터 혼자였다. 그리고 아무런 기복 없이 인생의 물결을 따라 지금까지 살아왔다.

―가족들이랑 옛 주인이 보고 싶어요. 이곳 생활은 끔찍해.

그녀는 파란 눈을 숨기곤 낮은 한숨을 쉬었다. 이제 어떻게 해야 할까? 그 녀에겐 나의 확실한 대답이 필요하다. 그녀에게는 나가야 할 절실한 이유 가 있다. 내게는…….

―난 너만큼 나가고 싶은 이유가 간절한 건 아냐. 난 가족이 없어. 처음부 터 없었어.

―처음부터 가족이 없는 사람은 없어요. 누구나 가족은 존재해요. 당신이 보지 못했을 뿐이에요.

―가족이 뭐지? 그게 얼마나 소중하길래, 너는 목숨을 걸고 밖으로 나가

려 하는 거지?

그녀는 곰곰이 생각하다가 내게 가까이 다가왔다.

─가족이란 이런 거예요.

─!

─서로에게 사랑스런 눈빛과 체온을 나누어 줄 수 있는 거.

그녀는 앞발로 나의 머리부터 목과 몸통을 쓰다듬어주며, 사랑하는 이를 보듯 따뜻한 눈빛으로 나를 바라봤다. 그리고 내 얼굴을 부드럽게 핥아주었다.

나는 석고상처럼 굳어버렸다. 누군가가 내게 스킨십을 한 건 처음이었다. 따뜻한 시선으로 쳐다본 것도 처음이었다. 팽팽했던 경계심이 그녀의 따뜻한 온기가 닿으면서 느슨해졌다. 굳었던 몸도 점차 풀어졌다.

─뭔지 알 것 같아요?

─모르겠지만 알 것도 같아.

나는 고개를 갸우뚱거리면서도 수긍했다.

─여기 있는 동안은…… 당신의 가족이 되어줄게요. 사실 당신을 계속 지켜봤어요. 그때 당신을 도운 건 우연이 아니었어요.

─…….

─우리 함께 이곳을 나가요. 우리가 원하는 세계로 함께 가요, 우리.

그녀의 말에선 가식보다 진심이 더 첨가되어 있다는 게 느껴졌다. 무엇보다 '우리' 라는 단어에서 나는 심하게 흔들렸다. 그녀의 말은 나의 마음을 두드렸다. 그 두드림이 너무나 커서 심장이 심하게 요동쳤다.

바깥녀석을 보지 않은 지 이제…… 아, 며칠이 지났지? 시력과 함께 기억력도 나빠졌나 보다. 머릿속에 하얀 공백이 빽빽하게 들어차 있는 기분.

이젠 어떻게 되든 아무래도 상관없었다.

─그래…… 좋아.

불안감을 털어내듯 나는 몸을 부르르 떨고선 수염을 올리며 인조적인 미소를 지었다.

　－난 이제 아무래도 상관없어.

　－고마워요!

　그녀는 진심으로 웃었다. 나는 그녀에게 앞발을 내밀었다.

　－뭐에요?

　그녀는 눈을 동그랗게 뜨며 소리쳤다.

　－네 앞발을 올려. 동의의 의미인 거야. 그냥 그렇다고만 알아.

　그녀는 미심쩍은지 내가 내민 앞발과 내 얼굴을 번갈아 보다가, 썩 내키지 않은 표정으로 앞발을 올렸다.

　그녀의 온기가 내 앞발을 통해 심장으로 갔다. 불안감은 누그러지고, 꿈의 내용은 머릿속에서 일시정지 되었다.

5

—니 작전을 말해 봐.

다시 밤. 이제는 언제나 내 곁에 있는 그녀. 안 자는지 다 아는데도, 그녀는 눈을 감고 계속 자는 시늉을 했다. 시력이 나빠서 흐릿하게 보였지만, 그녀는 여전히 아름다웠다. 그녀가 눈을 뜨면 보이는 푸른 에메랄드 두 개.

—알잖아요. 작전 같은 거 없는 거. 있다 해도 거창하지 않은 거…….

—…….

—그래도 듣고 싶다면 뭐. 말해 줄게요.

그녀는 목소리를 몇 번 가다듬고 이어 말했다.

—새벽에는 현관문이 열려 있어요. 매일 주인이 방에 들어올 때, 관찰했었는데 언제나 열려 있었어요. 어떻게 방문을 나가느냐가 관건인 거죠.

—새벽에는 언제나 현관문이 열려 있다……. 새벽에는 주인이 우리를 보고만 가잖아? 문 앞이 통제돼 있어서 빠져나가기 힘들어.

—그 문제만 해결하면 되는 거잖아요?

—네가 무슨 수로?

—모두에게 도움을 청해야죠.

—도와줄 거 같아? 우릴 미친 고양이로 보는 거 몰라?

—미친 고양이니까 불쌍해서라도 한 번은 도와주지 않을까요?

그녀는 당당했다. 역시 미친 고양이!

한 3일간은 계속 그녀와 붙어 다녔다. 우리는 새벽만 되면 문 근처에 있었다. 새벽에 주인은 문으로 얼굴만 내밀고 우리를 살핀 뒤 다시 돌아가곤

했다. 도망갈 틈이 없었다. 역시 모두의 도움이 필요했다.

아침 집회가 시작되고 그녀는 내게 속삭였다.

─나만 믿어요. 창가 아저씨.

며칠 전부터 그녀가 내게 붙인 호칭이다. 그녀에게 내가 붙인 이름은 없다. 그녀는 '그녀'일 뿐이다. 그런데 이상하게 심장이 빠르게 뛰었다.

내가 가만히 얼굴을 붉힐 때, 그녀는 겁도 없이 늙은 고양이의 연설에 끼어들었다.

─할 말이 있습니다! 여러분.

모두들 수군거리기 시작했다.

─저희를 도와주세요. 다수가 아니면 할 수 없는 일이기 때문에 이렇게 부탁드리는 겁니다. 아무도 다치지 않고 무사히 끝낼 수 있는 일이에요!

그녀는 자신의 작전을 모두에게 털어놓기 시작했다. 고양이들은 계속 웅성거리다가 어느 순간 멈추고 그녀의 이야기를 귀담아 들었다. 그녀는 자신의 사정도 말했다. 그녀는 감정을 담아 호소하고 있었고, 나는 그녀의 그 모습 또한 아름답다고 생각했다.

끝내 모두 그녀의 제안을 받아들였다. 어쩌면 그들은 빨리 우리가 사라졌으면 하는 눈치였다.

또 다시 밤. 어쩌면 이곳의 마지막 밤. 그녀의 온기를 느끼며 누워 있는 시간은 이제 익숙하다.

─돌아갈 수 있겠죠?

확신이 없는 목소리의 그녀.

─어디로?

─원래 내 세계요.

막상 내일로 다가오니 두려운 마음이 더 커졌나보다. 그녀와 마찬가지로 나 또한 그랬다. 그 꿈이 다시 내 머릿속에 재생되기 시작했다. 바깥녀석은 여전히 나를 찾아오지 않고.

─예전에 엄마가 그랬는데요. 엄마를 잃었을 때 엄마 냄새를 따라 오래요. 그럼 길을 잃지 않는대요.

─냄새?

─네, 냄새요. 엄마 냄새. 아저씨는 찾고 싶은 고양이 냄새, 기억나요?

희미했다. 바깥녀석의 얼굴조차 기억나지 않는데, 냄새라니. 생소하다.

밖으로 나가면 나는 바깥녀석을 찾겠지. 세상을 둘러보겠지. '주인' 들은 음식을 던져 줄 것이다. 자신의 '주인' 이 된 나는 행복할 것이다. 행복할 것이다, 꼭 행복할 것이다.

─행복하겠지? 바깥에 나가면……

나는 중얼거리듯이 그녀에게 물었다. 그녀는 한참을 생각하다가 "그럴 걸요?"라고 의문형으로 내게 말했다.

─꼭 행복할 거예요. 아저씨의 행복을 빌게요.

─…….

─그리고 혹시라도 바깥세상이 당신이 상상했던 것만큼 멋지지 않다면…… 나와 함께 가요. 가족들이라면 당신을 좋아해 줄 거예요.

나는 그녀에게 몸을 기댔다. 그녀의 온도를 더 선명하게 느끼고 싶었다. 그녀도 나와 같은 마음인지 나에게 몸을 기댔다.

그녀가 내게로 온 후부터, 나는 더 이상 혼자가 아니었다. 바깥세상으로 나가는 게 가끔은 무의미하게도 느껴졌다. 하지만 바깥세상으로 나가 그녀와 더 행복하게 지내고 싶었다.

하지만 위험을 감수해서라도 꼭 그렇게 해야 하는 걸까?

밤은 짧다. 그녀의 온도를 느끼기에.

새벽이 오기 전, 나는 이미 터졌어야 할 울음을 그제야 터트리고 말았다.
새벽이 오지 않았으면 했다.

6

새벽은 그녀의 눈동자색처럼 차갑다. 죽은 동태 눈마냥 탁한 색의 눈동자를 굴린다. 나는 그녀와 함께 문 옆에 기대어 서서, 방 깊이 앉아 있는 고양이들을 숨죽여 지켜보고 있었다.

고양이들은 울음소리를 내기 시작했다. 그것은 불협화음이나 구급차의 사이렌 소리처럼 시끄러웠다.

ㅡ니야아아아아아아옹~니야아아아아아아아옹~

모두들 문이 열리길 기다렸다. 나와 그녀의 눈동자가 가늘게 흔들렸다. 괜찮아, 진정해. 나는 앞발로 그녀의 흔들리는 어깨를 부드럽게 쓰다듬었다. 그녀는 계속 떨더니, 이내 차분해졌다.

덜컥ㅡ

드디어 주인이 들어왔다.

ㅡ니야아아아아아아옹~니야아아아아아아아옹~

주인은 고양이들이 밀집되어 있는 방 깊은 곳으로 들어갔다. 우린 그 틈을 노려야 했다.

주인이 한 발짝,

두 발짝,

세 발짝.

ㅡ지금이야!

그녀와 내가 밖으로 튀어나갔다. 주인이 그 소리를 들었다.

헥헥— 달리는 숨소리가 거칠어졌다. 현관문을 빠져나가자, 공기가 달랐다. 주인이 뒤쫓아 오는 소리가 들리자 온몸에 소름이 끼쳤다.

밖을 나오니 마당이 있었고, 담이 있었다. 마당문은 닫혀 있었다. 예상치 못한 일이었다. 현관만 빠져나오면 끝인 줄 알았는데.

옆을 보니 그녀 또한 얼어 있었다. 하지만 더 이상 시간을 지체할 수 없었다.

어느새 우리 가까이 쫓아온 주인이, 주인의 그녀의 털만큼 하얀 얼굴이 담을 넘어야 한다고 외치고 있었다.

그녀와 나는 찰나에 눈빛을 주고받고는 담으로 곧장 뛰었다. 주인도 뛰어왔다.

몸이 순간 붕 떴다. 담을 잡으려는 손이 갑작스런 경련을 일으키며 담에서 미끄러져 나갔다. 아찔했다. 칼 같은 새벽 공기가 수직으로 온몸에 박히며 나는 바닥에 추락했다.

바닥에 나동그라진 채 주변을 살피자, 그녀가 담장 위에 올라서 있었고, 주인의 눅눅한 발걸음 소리가 별로 멀지 않은 곳에서 들렸다.

—먼저 가!

나는 절규했다. 젠장! 젠장! 눈앞이 캄캄했다. 그의 발걸음 소리는 나를 집어삼킬 듯이 위협적으로 다가오는데, 나는 이미 늦었다는 생각만 나고, 주인에게 잡혀갔던 모든 고양이들이 잔상이 되어 눈앞을 스쳐 지나갔다.

주인의 그림자가 이내 나를 덮쳤을 때, 나는 눈을 질근 감았다.

그때,

—으아아아아아악!!!

주인의 그림자가 내 위에서 사라졌다.

—어서 가요!

그녀가 주인의 얼굴을 타고 있었다. 나는 아무런 의식이 없었다. 그냥 그렇게 믿고 싶다. 나는 이성을 잃었다.

나는 미친 듯이 담장을 오르려 했다. 뛰어서 앞발로 담을 잡아 담 위로 몸을 일으키려 했다. 그리고 몇 번의 시도 끝에 담 위에 올라섰다.

그건 나의 무의식이 해낸 일이었다. 담장에 오른 채 뒤돌았을 때, 주인의 손에 잡힌 그녀는 내 의지가 아니었다.

얼굴이 빨갛게 물든 주인의 비명 속에서, 그녀는 주인의 손에 잡힌 채 웃고 있었다.

－잘가요. 창가 아저씨!

울 수도 웃을 수도 없는 감정이 이리저리 뒤섞이고, 다리가 담에 붙은 것처럼 떨어지지 않고, 무슨 말을 하고 싶은데도 입만 뻥긋거린 채.

정신을 차려보니 나는 나의 세계를 벗어난 후였다.

7

모든 게 다 너 때문이야. 넌 거짓말쟁이야, 사기꾼이야. 넌 내가 가지고 있던 최소한의 것마저 빼앗아 버렸어. 나는 그녀 곁에 있어야 했어. 바깥세상 따윈 나오지 않았어야 했어.

넌 말했지, 자유가 있다고. 모두가 '주인'인 세상이라고. 먹을 것, 씻을 것, 쌀 것 걱정이 필요 없다고. 오히려 정반대였어. 처음엔 모든 게 신기하고 좋아 보였지. 근데 정말 얼마가지 않아 불안감이 현실이 되더라. 날 경멸하는 눈빛으로 보는 사람들, 호기심에 한 번 불러보는 사람들.

그들에게 아무 저항 없이 다가갔어. 그들은 날 잡으려 하더라. 도망쳐오긴 했는데, 털이 엉망이 됐어. 몸에 사람이 낸 상처가 생겼는데 따끔따끔했어. 하지만 마음이 아픈 것보단 나았어.

밖은 추웠어. 그 더럽고 끔찍했던 밥조차 없었어. 도로를 지날 때마다 나는 죽을 위험을 감수해야 했어.

제일 최악이었던 게 뭔지 알아? 밤이 깊어가기도 전에, 좁은 골목길 전봇대 아래에 비스듬히 누워 있던 너를 봤을 때.

나는 너에게 말을 걸 수가 없었어. 분명 네가 자고 있는 뒷모습이었는데, 차갑게 식은 네가 낯설었어. 고양이는 비스듬히 누워 자지 않는데, 넌 비스듬히 누워서 숨소리조차 들리지 않게 자고 있었어.

널 깨우고 싶은데, 이상하게 용기가 나지 않더라.

얼마 지나지 않아 밤이 왔어. 무서웠어. 나를 경멸의 눈으로 보던 그 방의 고양이들이 그리웠어. 그녀는 더더욱 그리웠어. 근데 그녀를 생각하면 마음에 가시가 박힌 듯 아파서 더는 생각할 수 없었어.

너의 온기를 느끼고 싶어 너에게 기댔지. 딱딱하게 굳은 너는 그냥 차가웠어. 아스팔트 바닥과 같은 온도였어.

눈물이 날 것 같았지만 참았다. 너에겐 눈물을 보이고 싶지 않았으니까. 그게 내 마지막 자존심이었으니까.

간간이 사람들이나 고양이들이 골목을 지나갔어. 길고양이들은 눈빛들이 왜 다 저 모양이냐? 왜 저리 거칠까? 반짝반짝 빛이 나지만, 다듬지 않아 까칠한 눈. 나는 무서웠어. 모든 게 무서웠어. 그래서 너에게 더더욱 기댔지. 너는 내가 기댄 만큼 뒤로 밀려났지.

너는 아침이 되어도 깨어나지 않았어. 너는 영원히 잠든 것 같았어. 마침 사람이 다가와서 난 너를 떠났다.

난 이제 내가 뭘 더 해야 할지 모르겠다. 이젠 다 싫다. 너도 없고 그녀도 없을 이 세상이. 알량한 욕망과 내 인생의 전부였던 그녀를 바꾼 나도. 숨 쉬며 살아 있는 지금 이 순간까지도, 전부다.

발이 제멋대로 그곳으로 향해. 그녀를 버리고 혼자 이 세상에 발을 디뎠을 때처럼 말이야.

난 언제나 제멋대로지. 그러니까 제멋대로 널 용서할게, 바깥녀석.

8

　－여기 주인은 이상해요. 주는 밥도 이상하고. 청소하지 않아 더럽고. 거기다가 왜 자꾸만 고양이들을 죽이는 거죠?

　－나도 몰라. 태어나서 줄곧 이곳에 살았지만 아직도 모르겠어. 그냥 마음에 안 드는 행동을 해서 죽인다고만, 이곳 고양이들은 짐작할 뿐이야.

　－내 옛 주인은 저를 소중하게 다뤄줬어요. 위에서 내려다보고 있다고 저를 하찮게 여기지 않았다고요. '가족'이나 다름없었죠.

　－그건 세계마다 다르다고 생각해.

　－이건 다른 게 아니라 잘못된 거예요! 바꿀 순 없는 건가요? 계속 당하고만 있어야 하나요?

　－우리들로선 힘들어. 다른 고양이들은 이미 이 세계에 순응하고 살아. 나 또한 그랬어. 바깥녀석을 만나기 전까진.

　－바깥녀석요?

　－창문을 통해서 만난 친구야.

　－아, 그럼 그때 만나고 싶다는 고양이가⋯⋯.

　－⋯⋯.

　－너의 가족에 대해 이야기해 줄래?

　－갑자기, 왜요?

　－그냥.

-가족이라…… 음…… 일단 아저씨.

-…….

-그리고 엄마. 엄마는 매일 나를 간섭했어요. 돌아다니면 돌아다니지 말라고, 창살에 기대있으면 기대지 말라고, 음식 남기면 남기지 말라고. 그땐 그게 정말 싫었는데. 지금은 무지 그리워요. 엄마……털이 나처럼 희고 부드러웠는데. 어렸을 때 엄마한테 기대어서 자면 정말 포근했어요. 아저씨처럼.

-…….

-아, 남동생 둘은 개구쟁이였어요. 사고를 많이 쳐서 주인한테 자주 혼났거든요. 그걸 보면서 키득키득 웃곤 했는데, 지금 여기선 상상 못할 일이죠.

-…….

-하… 빨리 나가고 싶다.

-나에게도 가족이 있었다면 어땠을까?

-?

-너처럼 매일 곁에 있어줄 엄마와 장난스러운 남동생 둘, 좋은 주인이 있었다면 어땠을까?

-밖으로 나가면 그렇게 될 거에요.

-요즘 난 상상해. 내게 가족이 있는 상상. 나와 같은 색의 털에, 나처럼 조용하고, 내가 살아 있는 동안 언제나 내 곁에 있어줬을 가족이 있는 상상. 네가 봐서 알겠지만 여기 있는 고양이 전부 가족과 떨어져 살잖아. 그래서 난 몰랐어. 그런 따뜻한 게 세상에 존재했던 것을.

-…….

-내 가족은 대체 어디 있을까? 얼굴도 모르지만 요즘 들어 그리워. 아마 찾긴 힘들 거야. 밖은 내가 상상할 수 없을 정도로 넓다면서? 그래서 난 이 생각도 해봤어.

―…….

―너와 내가 진짜 가족이 된다면…….

―자?

―…….

―자는구나.

―…….

―자면서 들어줘.

―…….

―너와 함께 하면서 끔찍한 이 세계 생활도 즐겁게 느껴져. 너만 있으면
이 정도 고통쯤 아무것도 아니라는 생각도 들어. 우리 꼭 밖으로 나가야 하
는 걸까? 죽을지도 몰라. 지금까지 많은 고양이가 죽었어. 나는 우리가 그중
한 마리가 될까 봐 두려워. 너를 잃을까 봐…….

―…….

―나와 여기서 계속 '가족'으로 남아줄 순 없는 거니?

―미안해요.

―!

―또 자는 척해서 미안해요. 그리고…… 미안해요. 나는 나가야만 해요.
우리 약속했잖아요. 약해지면 안 돼요! 아저씨.

―너를 막을 수 없는 거 이제 확실히 알겠네……. 나는 어찌 됐든 네 선택
을 따를 거야.

―…….

―가족을 잃고 싶지 않아.

그녀와의 대화 조각들이 한 걸음 내디딜 때마다 내 눈 밑으로 한 없이 부
서진다.

9

나는 나의 첫 세계의 경계인 담 아래에서 서성이고 있다. 내겐 담을 넘을 용기가 있다고 생각했다. 하지만 막상 담을 넘으려 하니, 발이 얼어붙은 듯 아무것도 할 수 없었다. 나는 예감할 수 있었다. 내가 이 담을 넘는 순간, 주인과 재회하는 그 순간, 저곳이 나의 무덤이 될 것을.

'잘가요. 창가 아저씨'

마지막 그녀의 한 마디에 나는 다리가 휘청 풀린다. 잘 가지 못해서 미안해. 나는 순간 떠올렸다. 마지막 바깥녀석의 한 마디도.

'그곳을 빠져나와서 날 기다려. 난 언제나 이곳을 찾아올 테니까.'

나는 서둘러 바깥녀석이 언제나 서 있었던 자리로 향했다. 그곳에 가면 첫 세계의 안을 들여다 볼 수 있다는 걸 깨달았기 때문이다. 담을 빙― 둘러 가니 창문이 있는 곳을 금세 찾을 수 있었다. 언제나 열려 있었던 창문은 닫혀 있었다. 나는 창문을 두드렸다. 잠시 뒤 늙은 고양이의 형체가 다가오더니, 창문 너머로 그의 목소리가 작게 들려왔다.

―살아 있었구먼…… 젊은이.

―그녀는…… 그녀는 있습니까?

나는 눈물이 나올 것 같아 입술을 꾹 깨물며 힘겹게 말했다. 창문 너머에서는 잠깐의 정적이 흘렀다.

―돌아오지는 말게.

―그녀는 어떻게 됐습니까! 제가 묻는 말에나 대답해 주세요…….

나는 이미 훌쩍이고 있었다. 창문에 비친 늙은 고양이의 실루엣이 미세하게 흔들리고선, 다시 한 번 정적이 흘렀다. 바람만이 정적을 채워주려는 듯 자꾸만 내 몸을 치고 지나갔다. 늙은 고양이는 끝내 침묵의 말만 건넨 채, 창에서 멀어져 갔다.

나는 끅끅대며 울었다. 그리고 그녀와의 추억이 떠올라 소리 내어 웃었다. 그것은 꽤나 규칙적이었다. 창문 너머로 몇몇의 고양이들이 왔다가 사라졌다. 하얀 형체는 보이지 않았다. 그래서 나는 더 서럽게 울었다. 바람이 더 거세졌고, 쓰레기가 내 발치에서 멈춰 섰다.

─야, 너!

얼마나 울었을까? 누군가의 목소리에 나는 귀를 쫑긋거렸다. 소리 나는 쪽을 보자, 담벼락 위에 노란 털에 검은 점이 박힌 고양이 한 마리가 나를 보고 있었다. 나는 놀라 앞발로 서둘러 눈물을 닦아냈다. 녀석은 내게 가까이 다가왔다.

─혹시 '안녀석'?

─?

─너 안녀석 맞지? 전체적으로 갈색 털에 왼쪽 앞발에만 하얀 털!

─…….

─말 없는 것도!

녀석의 수염이 들썩거렸다. 이 녀석은 나를 알고 '안녀석'이라고 부르는 걸까? 혹시 바깥녀석의 친구?

─진짜네! 우와, 나비의 말이 진짜였어! 언젠가 네가 이곳에 자기를 마중 나와 있을 거라더니 그게 진짜였어!

─…….

─야, 말 좀 해봐. 같은 수컷끼리 왜 이리 내숭을 떠냐? 근데 진짜 놀라워.

─…….

─나비가 니 얘기 많이 했었는데……. 네가 살던 곳이 그렇게 살기 힘든 곳이라며? 뭐, 바깥 세계도 다를 바 없지만…….

　'나비'는 바깥녀석을 말하는 건가. 나는 머릿속에서 바깥녀석의 얼굴을 떠올리려 애썼다. 그러자, 차갑게 전봇대 아래에 비스듬히 누워있던 바깥녀석의 뒷모습만 머릿속에 선명하게 그려졌다. 순간 심장을 누가 움켜진 듯 아팠다. 녀석은 그것도 모르고 계속 신나서 떠들어댔다. 한참을 이야기하던 녀석이 갑자기 이야기를 멈추더니,

　─야 말 좀 해봐. 나 혼자만 말하고 말야. 근데 너 울어?…… 숫고양이가…… 울어?

　나는 그제야 내가 또 다시 울고 있는 걸 알았다. 난 녀석에게서 급히 고개를 돌렸다.

　─너…… 많이 힘들었구나.

　녀석은 조심스레 앞발을 내 등에 올렸다. 그리고 내 등을 가볍게 두드려주었다. 나는 그 투박한 손길에 더 크게 울고 말았다.

　내가 진정되자, 녀석은 자신이 지내는 곳으로 나를 데려갔다. 아무도 살지 않는 세계였다. 세계의 겉모습은 반쯤 타 있었고, 창문이란 창문은 모두 깨져 있었다. 뚫린 문으로 안에 들어가자 녀석의 잠자리처럼 보이는 누런 이불더미가 녀석이 앉아 있던 그대로 납작하게 눌려져 있었다.

　우리는 그 이불더미에 안착했다. 이불은 눅눅했다. 녀석은 긴 말을 하려는지 목소리를 가다듬고선 이야기를 시작했다.

　─나비가 그렇게 된 건 유감이야. 예상하곤 있었어. 마지막으로 봤을 때 몸이 좋지 않았거든. 근데 정말 그렇게 될 줄은…….

　녀석의 눈동자가 어둠속에서 반짝였다. 녀석은 눈을 몇 번 깜빡이곤 계속 이어 말했다.

-나비를 너무 미워하진 마. 나비는 너와 함께 '바다'에 가기 위해서 거짓
말을 한 거야. 사실, 나비가 너를 자주 찾아간 건 네가 '치치'라는 고양이를
많이 닮아서였어. '치치'가 누군진 나도 몰라. 나비의 이야기로만 들었지.
이곳에 오기 전에 바다에서 치치와 주인, 나비 이렇게 셋이서 같이 살았대.
그러다가 주인이 무슨 이유에서인지 치치를 버린 채 나비만 데리고 이곳에
왔고. 나비는 우연히 널 만나고 나서 치치를 더 많이 그리워했어. 그리고 다
시 바다로 돌아가고 싶어 했지.

　-…….

　-네가 치치의 새끼일지도 모른다고 나비가 가끔 얘기하곤 했지.

　-새끼…… 그게 무슨 말이죠?

　-나비의 말에 의하면 시기적으로도 일치한대. 치치의 새끼가 입양되고,
나비가 주인을 따라 이 도시로 온 게. 뭐, 나도 치치를 본 적이 없어서 사실
인지는 잘 몰라.

　나는 입을 벌린 채 다물 수 없었다. 이게 무슨 말이지. 내게도 가족이 있
단 말인가? 내 진짜 가족이 정말 살아 있다면…….

　-하지만 바깥녀석은 주인이 없잖아요.

　-버림받았대. 반년 전에…… 그래서, 힘들게 밖에서 지내다가 결
국…….

　명랑하던 녀석의 표정이 갑자기 굳어지더니 고개를 폭 숙였다. 하지만
녀석은 다시 표정을 가다듬으며 애써 명랑한 척 말했다.

　-바다에 가자! 네가 그 세계에서 도망쳐 나오면 우리는 너와 같이 바다
에 가려 했어. 나도 나비에게 듣기만 들어봤지만, 그곳은 아름답고 살기 좋
대. 나비가 한 말이기에 그러리라 나도 믿어.

　녀석은 나의 대답을 기다리다가 머뭇거리며 이어 말했다.

　-솔직히 말하면 멀고도 힘든 여정일 거야. 나도 나비의 이야기에만 의존

하고 가는 거니까. 하지만 난 이곳에서 벗어나고 싶어! 너도 마찬가지잖아. 넌 이 세계에 발을 들인 지 얼마 되지 않았겠지만 힘들지 않아? 이곳에 살다가는 우리도 나비처럼…… 고생만 하다가 의미 없이 죽어버릴지 몰라. 그러니까 바다에 같이 가지 않을래?

녀석의 또랑또랑한 목소리가 맑게 울러 퍼진다. 나는 쉽사리 대답할 수 없었다. 나의 결정이 내 삶을 크게 뒤흔들 수 있는 힘을 가지고 있다는 걸 알게 되었기 때문이다. 나는 나의 선택으로 많은 것을 잃었다.

하지만, 내겐 이제 정말 아무것도 남지 않았다. 내게 남은 건, 초라한 갈색 몸뚱이와 나에게 바다라는 미지의 세계로 가자는 지나치게 명랑한 고양이 한 마리, 그리고 나의 진짜 가족일지도 모를 '치치'라는 고양이에 대한 단서.

대답을 하려 입을 열었다가 망설이기를 몇 번. 나를 응시하는 녀석은 온화한 미소를 짓고 있었다. 나의 눈동자가 녀석의 시선에서 도망치려는 듯 불안하게 움직인다. 이내 뚫린 창문과 문으로 태양이 쏟아져 나오고, 세계는 노란색으로 덧칠되었다. 초라해 보였던 세계의 모든 것들이 반짝이기 시작한다.

나는, 바다에 가겠어요.

이 글을 완성하기까지 매우 힘들었어요. 아마 마감일에 대한 압박, 제 글에 대한 책임감이 없었다면 몇 번이고 포기했을 겁니다.

　그렇게 어렵게 책이 만들어지고 학교에서 조촐하게 작은 출판회도 가졌습니다. 그런데 얼마 지나지 않아 정식으로 책이 나온다는 사실을 듣고 기대도 안했던 일이라 어안이 벙벙했습니다. 그러나 누구보다 작가를 꿈꾸던 저이기에 그 기쁨 역시 이루 말할 수 없이 컸습니다.

　책으로 출판되기 전에 완성도 높은 작품이 될 수 있도록 많은 시간을 수정 작업에 매달려야 했습니다. 초고에서는 주인공 고양이가 다시 주인에게 돌아와 죽음을 당하는 내용이었지만, 몇 번의 검토 과정 후에 희망적인 이야기를 쓰는 게 낫겠다는 생각이 들어 과감하게 열린 결말로 바꿨습니다.

　제 이야기 속에서 독자가 느끼는 것은 다 다를 것이라 생각합니다.

　그러나 읽어주신 모든 분들이 가슴 속에 무엇 하나는 간직했으면 하는 바람입니다.

　제가 이 소설 한 편을 완성할 수 있게 도와주신 모든 분들께 제 진심을 담아 감사드립니다.

임영성

은하는 어젯밤 누구와 잤는지 대답했다. 건우는 소리를 질러댔
고 은하는 공포심과 혼란스러움에 울기 시작했다. 장덕재와 장
건우. 은하는 계속 사과했다. 다른 남자를 만난 것 그 자체가
미안한 것인지 모르겠지만 미안하다는 말만 내뱉었다. 소란스
러움 뒤의 침묵은 더욱 무거웠다. 은하는 울면서도 머릿속을
정리하기 위해 애썼다. 살아야겠다는 생각만이 가득했다. 지금
이 순간을 빨리 벗어나고 싶었다.

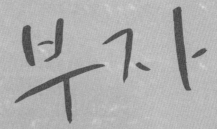

부자

오하영

아들아, 우리가 죽은 날을 기억하니?

아니요. 하지만 우리가 살아온 날들은 기억해요.

1

회사 홍보부장으로 일하고 있는 덕재는 올해로 46살이 되었다. 그는 몇 달 전부터 회사에서 만난 여직원 은하를 마음에 품고 있었다. 덕재보다 스무 살이 어린 그녀는 꽤나 세련된 감각을 가지고 유능한 일처리로 촉망받는 사원이었다.

늦여름이었다. 은하가 들어온 지 반 년 정도가 지났을 때쯤이었다. 서로 간에 말은 안했지만 은밀한 눈빛을 주고받거나 야근으로 둘만 사무실에 남아 있을 때는 꽤나 대담한 장난도 쳤다. 회사 점심시간이 끝나갈 때쯤 덕재는 은하를 불러 식당 가까운 카페로 불렀다. 더운 날씨에 아이스커피가 담긴 플라스틱 컵에서 땀 흐르듯 물방울이 맺혀 흘렀다. 이래저래 대화를 나누다가 멋쩍은 정적이 잠시 흐르자 은하가 덕재에게 물었다.

—결혼하셨지요?

—이혼했어. 합의 하에.

덕재는 거짓말을 했다. 아내는 집에 버젓이 살고 있었다. 자식까지 있었지만 굳이 덧붙여 말하지 않았다. 이혼했다는 덕재의 대답이 은하는 미묘한 표정으로 고개를 끄덕이며 아무 말도 하지 않았다. 이따금씩 빨대를 뺀 커피를 들고 홀짝였다. 덕재는 그녀의 눈치를 보았다. 그런 덕재의 행동을 눈치챈 것인지 은하가 다시 물었다.

—그런데, 부장님 정도면 대시하는 여자들도 많았을 것 같은데요?

***

야근이었다. 늦게 집에 돌아오자 아내의 방문은 굳게 닫혀 있었고 집안은 고요했다. 요 근래 집에 돌아오면 아내는 죽은 듯이 잠만 자고 있었다. 간간이 방 안에서 TV소리만이 들려왔다. 집안일은 일주일에 한 번 파출부가 하는 것이 전부였다. 집이나 밖이나 하는 일이 뭐야? 덕재는 아내가 탐탁지 않았지만 아내에게는 화를 내는 일조차 귀찮았다.

새벽 한 시가 되어 은하에게 문자가 왔다. 지금 만나고 싶다는 문자였다. 웃었다. 이런 날이 언제 한 번 올 줄 알았지. 주저하지 않았다. 그녀의 집 주소를 묻고 덕재는 바로 침대에서 일어나 옷을 갈아입었다. 셔츠 위에 그녀가 이따금씩 칭찬해 주고 했던 베스트까지 챙겨 입은 후 검은색 체크무늬의 재킷을 걸쳤다. 화장대 거울 앞에서 자신의 모습을 이리저리 비춰보았다. 그리고 화장대 위 향수를 집어 뿌렸다. 선물 받아놓고도 몇 번 쓰지 않았던 향수인데 앞으로 쓸 일이 잦아보였다.

밖으로 나가려 현관 손잡이를 들리자 뒤에서 자다 깬 건지 기력 없는 아내의 목소리가 들려왔다.

—이 새벽에 어딜 가요?

왜 하필 지금 난리야. 덕재는 아내에게 들리지 않을 만큼 작은 목소리로 혼잣말을 했다. 그는 고개도 돌리지 않고 집 밖으로 빠져나왔다. 늦여름의 쌀쌀한 밤공기가 그의 재킷 사이로 파고들었다.

2

　-벌써 가는 거야?

　모텔 방 침대 위에 누워 있는 건우가 은하를 붙잡았다. 은하는 주섬주섬 옷을 입기 시작했다.

　-우리 엄마 오기 전에 가봐야 해. 알잖아.

　은하는 거울 앞 섬유 탈취제를 들고 자신의 코트에 뿌리기 시작했다. 코트를 입은 은하는 거울을 보며 머리 모양새를 다듬었다.

　-안 들키려고 아주 애를 쓰는구나.

　은하가 건우를 돌아보았다. 그는 팔을 베고 모텔 천장을 바라보고 있었다. 은하는 혹시 덕재의 존재를 건우가 알아차린 것일까, 내심 초조했다. 그러나 그녀의 어머니를 두고 말한 모양인지 그는 방금 뱉은 말에 무심한 표정이었다. 그녀는 애써 당황한 얼굴을 지우고 바로 몸을 틀어 다시 거울을 보는 척했다. 거울로 보이는 건우의 하체는 미동도 하지 않았다. 왠지 무서웠다. 건우가 그 자리에서 바로 일어나 자신의 목을 조르는 상상을 했다. 괜히 불안해진 은하가 다시 건우를 뒤돌아보았다. 왜 뒤돌아보냐는 듯 건우는 어깨를 으쓱해 보였다. 은하가 물었다.

　-너는 언제 가는데?

　-한숨 자고 갈까 봐. 그런데 다음번엔 호텔이라도 가자. 여기 너무 더럽다.

　급하게 끓어오르는 혈기를 풀 데 없어 급하게 찾아들어 온 곳이었다. 응. 좋아. 좋아 보이는 기색 없이 은하가 대답했다.

***

차로 한 시간을 달려서 산기슭을 둘러싼 펜션 주위 카페에 도착했다. 덕재는 차 시동을 끄고 나와 은하가 내릴 차 문을 먼저 열어주었다. 은하는 웃으며 머리카락을 귀 뒤로 쓸었다.

─다음에는 더 좋은 데로 데려가 줄게.

덕재가 은하에게 말했다. 둘이 향한 카페는 분위기가 특이한 곳이었다. 나무 술통을 본 따 만든 듯한 건물 앞으로는 파라솔 테이블이 자갈 깔린 바닥 위로 곳곳에 있었다. 그리고 테이블마다 은은한 조명이 그 주변을 밝히고 있었다. 펜션 손님으로 보이는 중년의 사람들이 테이블에 앉아 이야기를 나누고 있었다. 덕재와 은하는 빈 테이블에 앉아 도수가 낮은 술을 주문하고 이야기를 나눴다. 몇 도 되지 않는 술이었음에도 은하는 살짝 취기가 도는 듯했다.

─결혼하자.

덕재의 말에 은하가 풋, 하고 웃었다. 사실 그녀의 반응이 무엇을 뜻하는지 모르겠다. 그녀가 무어라 더 말할 때까지 덕재는 기다렸다. 그녀는 한참이나 술잔을 빙빙 돌리더니 다시 물었다.

─나 안 버릴 자신 있어요?

덕재는 그녀의 말에 잠시 황당한 얼굴을 하고 있다가 곧 웃음을 터트렸다. 아니 이 아가씨야, 지금 그것 때문에 걱정하는 거야? 덕재는 은하의 대답을 긍정으로 받아들이고 흥분한 채 말을 내뱉었다. 그런 덕재의 모습을 은하는 꽤 사랑스러운 듯이 보았다.

새벽이 꽤 깊어 가는데도 카페는 북적북적했다. 테이블 위 조명에 산벌레가 윙윙 맴돌았다.

3

은하는 집에 도착해서야 핸드폰을 확인했다. 건우에게 문자가 와 있었다.

―들어가면 문자해.

은하는 답장을 할까 말까 고민하다 결국 핸드폰을 닫고 욕실로 향했다. 괜히 어정쩡한 시간에 답장을 보냈다가 오해를 살 수 있다고 생각했다. 다음 날 피곤해서 답장을 못했다고 하자. 세면대 옆 선반에 핸드폰을 놓고 욕조에 물을 받았다. 오랜만에 맞는 주말이었다. 욕조에 받은 물에서 피어나온 수증기가 욕실을 가득 채웠다. 은하는 발끝부터 천천히 욕조 물에 몸을 뉘었다. 자신의 체온보다 뜨거운 욕조 물이 천천히 옥죄면서도 감싸 안는 느낌이었다.

그녀는 유독 애인으로서 연상의 남자를 고집했다. 어리광을 부리는 어린 남자는 질색이었고 그런 남자를 볼 때면 얼굴에 침이라도 뱉고 싶은 심정이었다. 건우는 어디로 보나 그런 면모는 없었지만 어찌 됐든 빨리 관계를 정리하고 싶었다. 오늘에야 비로소 덕재가 청혼을 했으니 관계를 정리할 날은 얼마 남지 않은 것 같다.

은하가 대학교 4학년일 때 신입생으로 들어온 건우는 새 학기부터 유명한 아이였다. 여타 학생들처럼 아르바이트도 하지 않고 딱히 취업 준비도 하지 않는데 항상 걸치장이 비싼 것들뿐이었다. 건우가 캠퍼스에 외제차를 몰고 오면 지나가던 학생들이 건우가 내릴 때까지 지켜보다가 건우가 내리면 항상 수군거리며 흩어졌다. 그런 수군거림 뒤에는 남학생들의 질투와 함께 여학생들의 인기도 뒤따랐다. 하지만 그는 한 번도 자신에게 관심을 준 적 없는 은하에게 고백했다. 딱히 특별한 이유에서는 아니었고 은하의 외모에서 이끌린 이유였다. 그도 그럴 것이 은하는 외모로 학교에 소문이 나 있었는데, 모든 고백을 거절하기로도 유명했다. 가을에 접어들어 건우는 은하에게 고백했지만 은하는 뭣이라도 씹은 표정으로 거절했다. 게다가 취업 준비로 바빴던 은하는 그 후로 신입생들과 자주 보지 못했다. 학교를 졸업한 그녀는 바로 회사에 취직했고 덕재를 만났다. 덕재는 홍보부 부장이었고 어린 신입사원인 그녀에게는 하늘같은 상사였다. 그러나 누가 먼저랄 것도 없이 서로를 탐닉하기 시작했다. 덕재는 은하가 그토록 바라오던 이상과 완벽히 부합했다. 웃음을 지을 때 눈꼬리 옆으로 선하게 주름지는 굴곡들, 오랜 풍파를 그대로 겪어온 거칠하고 단단한 바위 같지만 살아 숨 쉬는 구릿빛 피부와 중후하게 울리는 목소리, 강한 남성성을 상징하듯 튀어나온 목젖, 게다가 그와 대화를 나눌 때면 언뜻 보이는 순수함까지. 그녀가 그토록 열망했던 자신을 위한 아가페가 그에게는 존재하는 듯했다. 그가 과거에 이혼을 한 것 따위는 알 바 없었다. 상관없었다. 그의 혈관을 따라 주름진 손등을 매만질 때면 세상을 가진 듯했다. 이런 그의 매력을 몰랐던 전前부인이 불쌍해질 지경이었다. 그러나 덕재를 만날수록 은하는 걱정이 되기 시작했다. 자신의 가난. 회사에서 타는 월급으로 타지에서 살고 있는 동생들과 엄마를 부양하고 월세를 내고 나면 남는 것이 별로 없었다. 덕재의 외제차에 올라탈 때면 그녀는 애써 티를 내지 않을 뿐 초라해지는 자신을 느꼈다. 종종 그녀의 표정을 보고 덕재가 묻곤 했다. 기분 안 좋아? 그럴 때면 은하는 웃으며 아니요, 차가 참 멋지네요, 라고 대답했다. 스물이 넘어가도록 명품 가방 한 번 매본 적 없는 그녀는 그에게 매번 비싼 선물을 받으면서도 시간이 지날수록 불안해졌다. 언젠가 그에게 자신이 지겨워지면 버림받을까 노심초사했고 갈수록 자격지심에 빠져들었다. 결국 그녀가 택한 방법은 건우에게 돌아가는 것이었다. 덕재의 손을 빌리기는 싫었다. 건우라면, 어쩌면……. 그녀는 수소문 끝에 다시 건우의 번호를 찾아내어 전화를 걸었다. 그리고 울기 시작했다. 그때 널 거절한 이유는 널 좋아했던 여학생들의 시기를 견딜 자신이 없어서였다고. 사실은 나도 널 좋아했다고. 직장에 와서도 자꾸 네가 생각이 나더라. 은하의 전화를 받은 건우는 잠시 멍했다. 며칠 전 여자친구와 헤어진 상태였다. 전화를 끊었던 건우가 망설이다가 다시 은하에게 전화를 걸었다.

건우와 은하는 사귀기 시작했지만 캠퍼스를 같이 걸어 다닌다던가 하는 일은 없었다. 그들의 만남은 철저히 학교 밖에서 이뤄졌다. 은하가 밖에서 일하는 이유이기도 했고 소문이 나기를 원치 않았기 때문이었다. 건우에게 은하는 심심풀이 대상이었고 은하에게 그는 물주였다. 철저히 이익 관계로 얽힌 그들은 만남을 지속해나갔다. 은하는 건우에게 뜯어낸 명품으로 치장하기 시작했다. 그녀를 본 덕재가 물었다. 이건 누가 사줬어? 그녀가 대답했다. 친구끼리 가서 샀어요. 부장님에게 잘 보이려고. 덕재가 환하게 웃으며 대답한다. 밖에선 이름 부르라고 했잖아. 달라진 그녀의 겉치레에 덕재는 기대만큼 큰 반응이 없었지만 그녀는 행복했다. 이제야 덕재에게 어울리는 여자가 된 것 같았다. 덕재와의 결혼을 꿈꾸며 그녀는 밀리는 회사 업무에도 즐거웠다. 결혼만 하면 건우를 보지 않으리라 결심하고.

4

건우는 홀로 차를 운전해 칵테일 바로 향했다. 은하를 부를 생각도 들지 않았다. 외로웠다. 무어라 대체할 단어도 없이. 호기롭게 시작한 대학 생활은 지겹기만 했다. 꿈도 없었다. 회사를 다니는 자신의 모습은 어떨까. 결혼을 하는 자신의 모습은 어떨까. 내 결혼식에 부모님은 오실까? 한 가정을 꾸린 자신의 모습은 어떨까. 과연 내 품에 아이가 안겨 있을 날이 올 것인가. 건우는 그런 모습이 어떠한 풍경인지 도통 상상이 되지 않았다. 생각하려 할수록 머리만 더 아파왔다.

건우는 주차장에 차를 세우고 셔츠 앞 담뱃갑을 꺼내들었다. 루프를 열까 고민하다 문만 열고 담배를 꺼내 물었다. 멋에 취해 피우기 시작한 담배도 이제는 숨어서 필지언정 끊을 수가 없었다. 불을 붙인 대를 입에 물기만 하고 생각하려 했다. 머리를 완전히 비울 수가 있을까. 아무 생각을 하지 않을 수 있을까. 아무 생각을 하지 않는다는 생각조차 생각이 아닌가. 그런 멍청한 생각을 하고 있을 때쯤 그가 문 담배는 다 타들어가 그의 입술에서 툭 하고 떨어졌다. 불길이 닿은 입술 부근이 화끈거렸다. 바에 들어가 앉자 건우를 알아본 웨이터가 인사했다. 웨이터의 예상과는 달리 그는 가장 싼 칵테일을 주문했다. 의아한 표정의 웨이터를 무시한 채 건우는 핸드폰을 꺼내들었다. 사진첩에 들어가 은하의 사진을 뒤졌지만 그녀가 찍어 보내준 단 한 장의 사진 말고는 찾을 수가 없었다. 하물며 그 둘이 찍은 사진조차도 없었다. 그는 은하의 전화번호를 입력하고 고민했다. 주문한 칵테일이 나올 때까지도 그는 은하에게 전화를 걸까 말까 고민하고 있었다. 명색이 애인이었다. 자신도 얕은 호감으로 사귀기 시작한 것이었지만 단순한 잠자리의 반복에 지겨워지고 있었다. 사실은 그 이상의 것을 원하고 있는 것은 아닐는지. 예를 들자면, 육체적 관계 그 이상으로 교감한다든지. 거창하지도 않게 그냥 지금이라도 당장 불러내서 하소연 할 수 있는 사람이 그녀였으면 좋겠다든지. 내 애인인데도, 지금 버튼만 누르면 전화를 걸 수 있는데도, 막상 그녀가 전화를 받았을 때 나는 아무 말도 못할 것을 알기에. 기껏 만나서 한다는 일은 침대로 들어가기. 내 친구는 애인과 헤어지고 나서 떠오르는 것뿐이라고는 여자와 나누었던 살과 살의 접촉뿐이라는데, 정신적 교감 따위는 허상일 뿐이라는데. 그런 것이 무엇인지도 모르겠다. 만약 은하와 헤어지게 된다면, 나는 그녀를 그리워할까. 그녀의 무엇을 그리워할까. 그녀와 나누었던 어떤, 그, 잘 그려지지도 않는, 추상적이라고 치부하기엔 어딘가에는 분명 존재할지도 모를, 그러나 내게는 없는…… 서로에게 내주었던 마음 한 켠을 그리워할까. 아니면 내게 스쳐갔던 그녀의 살결들을 그리워할까. 어쩌면 그리워하지 않을지도 모르겠다.

나, 대학은 어떻게 왔다지만 그 후에는 어떻게 될까. 능력 없는 한량의 모습에 모두가 질려 떠나가게 되면 어떻게 될까. 통화 버튼 언저리를 문지르기만 했다. 할 말이 없었다. 지금 너랑 자고 싶어. 술 마시자. 주말에 쇼핑가자. 밥 먹자. 그 말 뜻에는 온전히 그 자체의 뜻뿐이었다. 그 말 속에 담긴 어떤 설렘과 만남에 대한 기대감 따위는 존재하지 않았다. 웃기지도 않은 일이군. 건우는 혼잣말을 지껄였다. 칵테일은 한 모금도 마시지 않고 술집을 빠져나왔다.

5

덕재는 마음이 급해진다. 은하에게 부인과 이혼했다고 말은 해두었지만 실제로는 아무것도 결혼을 위해 진척이 된 게 없다. 어떻게든 명분을 찾아 내고 싶지만 그는 아내와 집안에서 얼굴을 부딪치는 일조차 없다. 은하를 놓치기 싫다. 이미 덕재는 늙었다. 그 누군가의 수필에서처럼,〈여성의 미는 생생한 생명력에서 온다. 맑고 시원한 눈, 낭랑한 음성, 처녀다운 가벼운 걸음걸이, 민활한 일솜씨, 생에 대한 희망과 환희, 건강한 여인이 발산하는, 특히 젊은 여인이 풍기는 성성한 맛, 애정을 가지고 있는 얼굴에 나타나는 윤기, 분석할 수 없는 생의 약동, 이런 것들이 여성의 미를 구상한다.〉그의 꺼져가는 생명의 불씨. 불어오는 은하의 바람. 평생 타오를 불은 없다는 것은 덕재 자신이 잘 알고 있었지만 사십 넘게 먹은 인생에서도 죽어 스러질 육체에 대한 미련은 버릴 수가 없다.

자신의 아내를 떠올린다. 부모님께서 주선하신 선이었다. 안 나갈 수가 없었지, 그래. 평범한 외모에 괜찮은 직장이었다. 부랴부랴 결혼해서 애를 낳았다. 손주를 보여 달라는 부모님에게 아이를 안겨주고 나는 열심히 돈을 벌었다. 아이를 학교와 학원에 보내야 했고 더 큰 집도 사야 했고 남들에게 보여줄 차도 사야 했다. 나는 그렇게만 살아왔다. 정형화된 길로. 그게 최선인 줄만 알았지.

거쳐 가는 세월을 피할 새도 없이 겪어온 얼굴에 덮은 화장을 지운 늙은 여자의 모습과 젊은 은하의 모습이 교차되며 떠오르기 시작한다. 덕재는 생각한다. 어떻게든 은하를 곁에 두고 싶다. 은하라면 노년의 모습도 아름답겠지. 여타 다른 남자들처럼 갖고 버리지 않을 거라고. 오히려 은하가 자신의 부富를 보고 잠시 좋아한 것이 아닐까 의심이 들기 시작한다. 그는 스스로 의심을 증폭시키고 애써 스스로 지우려하고 있다. 아침에 눈을 떴을 때도 그녀가 옆에 있으면 좋겠다고 생각한다. 결혼하자. 한 번도 결혼하지 않은 것처럼 고백하라. 그는 옆방에서 자고 있는 자신의 부인은 이미 머릿속에서 지워버리고 언제 은하와 새로운 집으로 이사 갈까 생각한다.

***

샤워를 마치고 나온 은하가 화장대 앞에 앉아 자신의 얼굴을 꼼꼼히 뜯어보았다. 며칠 전부터 자꾸 눈에 밟히는 눈 밑 주름이 신경 쓰였다. 며칠 전 건우에게 선물 받은 비싼 화장품 포장을 뜯었다. 탁, 스러져가는 젊음에 대한 미련한 붙잡음이 시작되는 소리였다. 방금 세수한 얼굴 위에 말캉한 화장품을 펴 발랐다. 턱부터 이마까지 천천히 엄지 밑 두툼한 살로 마사지했다. 미끄럽게 발려가는 화장품의 감촉에 은하는 눈을 감았다. 다음 날은 쉬는 날이었다. 오랜만에 찾아온 휴일에 기분이 좋았다. 다만 조금 찜찜한 것은 덕재에게 연락이 오지 않는다는 것뿐이었다. 하지만 곧 다음 날 연락이 오겠거니 하고 여유 있게 휴일을 기다렸다. 건우에게는 내일이 휴일이라고 연락하지 않았다. 상관없었다. 건우에게도 연락이 오지 않았다. 다행이었다. 내일 덕재를 만날 때 건우가 이틀 전 사준 가방을 매고 나가야지. 그녀는 내일 무슨 옷을 입을지 상상하며 불을 끄고 침대에 누웠다. 자신의 옆에 누운 덕재를 상상하며 잠에 들었다. 언제쯤 그와 결혼식을 올릴까? 내가 결혼식을 올릴 때까지도 아버지는 찾아오지 않겠지. 날 버리고 간 아버지. 나와 내 어머니와 내 동생들을 이토록 가난에 시달리게 만든 아버지. 날 뱃속에 밴 어머니에게 빚만 안겨주고 떠난 아버지. 여태껏 우리 집안을 짓누르고 있던 당신이 준 불행이 다시 당신에게 돌아가길 바란다.

6

덕재의 아내가 죽었다. 급작스러운 심장마비였다. 그는 처음 자신의 죽은 아내를 보고 자신의 심장도 내려앉을 듯했다. 내가 죽었나. 숨을 쉬지 않는 그녀를 보고 그의 머릿속에 가장 먼저 떠오른 생각이었다. 뒤이어 떠오르는 생각. 오늘이야말로 신이 주신 선물. 마지막 남은 인류으로 부정하고 싶었지만 본능은 인정하고 있었다.

대충 장례식을 치렀다. 조문객을 맞지 않고 화장실로 가 담배를 피우고 있기 일쑤였다. 사람들은 그런 덕재를 두고 너무 힘들어서 그럴 거예요, 하고 저들끼리 이야기를 나누었다.

새벽이 되고 덕재는 식장 작은 방에 아들을 재우고 화장실로 향했다. 작은 창문 앞에 서서 담배를 뻑뻑 피웠다. 실은 갑작스러운 심장마비가 아니었다. 복용하고 있던 심장약이 있었다. 그 사실을 몰랐을 뿐이었다. 아내에게는 미안하고, 같이 산 사람으로서, 한때 마음을 나누었던 사람으로서 안타깝기는 했지만, 그뿐이었다. 매일 그녀보다 많이 보는 사람들이 회사 사람들이었다. 이미 옛정조차 없다. 다음 날 식장에서 나와 납골당에서 제사를 끝낸 그는 집으로 향했다. 뒤숭숭했다. 눈물은 나지 않았다. 아들은 남아서 뒷정리를 더 하겠다고 했다. 다행히 아들은 다 키워놓고 떠났구려. 속으로 떠난 아내에게 혼잣말을 했다. 그나마 아들 녀석이 지어미와 자신보다는 친했다. 꽤나 상심이 컸을 것이다. 안쓰러웠다. 그러나 뒷정리를 하기 위해 그곳에 더 머무르고 싶진 않았다.

집에 도착해 간단한 짐을 정리하고 아내의 방에 들어갈까 하다 자신의 방으로 향했다. 저 방은 은하에게 줘야겠다. 구역질나는 자신의 양심에 잠시 한심의 한숨을 내쉬었지만 이미 은하의 인테리어 취향을 떠올리고 있었다.

아무리 신경도 안 쓰고 살았다지만 집에서 한 사람이 비자 분위기는 영 썰렁했다. 외로웠다. 무어라 대체할 단어도 없이. 며칠간 지하 식장에 있다보니 몸 상태도 좋지 않은 듯했다. 무엇보다 은하를 보지 못했다. 은하에게는 전前부인이라고 말해두었다. 부러 회사 사람들에게 은하는 부르지 말라고 연락했지만 언젠가는 만나야 할 은하였다. 이틀 뒤가 당장 출근이었다. 내일 부를지, 조금 시간을 두고 부를지 고민하다 핸드폰을 들었다. 내일쯤 전화하겠다고 문자를 넣었다. 답장은 왜인지 오지 않았다. 한 시간쯤 고민하다 다시 핸드폰을 찾았다. 불 꺼진 방안에서 쏟아져 나오는 핸드폰 불빛은 눈이 부셨다. 눈살을 찌푸리며 핸드폰 단축 번호 1번을 눌렀다. 그리고 곧 이어 통화가 연결됐다.

　-…….

　-…….

　-여보세요?

　-……못 찾아뵈서 죄송해요.

　-네가 못 온 게 아니야. 내가 안 부른 거지.

　-그래도요.

　-어디야?

　-집이에요.

　-지금 올 수 있어?

　-…….

　-역시 힘든가?

　-어디로 가면 되는데요? 회사?

－아니. 우리 집. 주소 알지?

－…… 씻고 출발할게요.

그리고 통화가 끝났다. 덕재는 핸드폰을 머리맡 옆에 두었다. 오려던 잠이 확 달아났다. 자신의 집 안으로 은하를 들이는 것은 처음이었다. 덕재는 초조해지기 시작했다. 청소를 할까 싶어 거실로 나갔다가도 방안으로 다시 들어왔다. 침대에 앉았다가 일어서기를 반복했다. 무엇이라 첫마디를 건네야 할까. 그러던 중에 초인종 소리가 들려왔다.

－…….

－…….

비가 왔었나보다. 은하의 머리칼 위에 빗물이 송골송골 맺혀 있었다. 그 모습이, 마치……. 잠시 적막이 흐르고 덕재는 은하를 침실로 잡아끌었다. 그리고 격정적으로 관계를 가졌다. 아무 말도 하지 않았다. 그 이상의 의미가 담긴 숨소리만이 서로의 가죽을 벗겨낼 듯 거칠었다. 은하의 젖은 머리칼이 덕재의 어깻죽지에 달라붙었다. 그녀는 길게 기른 손톱으로 늙은 등가죽에 길게 빨간 길을 냈다. 그리고 찢어지듯 울리는 소리. 주위를 분석할 겨를 없는 본능 속에서 원초적 흥분의 비명. 숨을 몰아쉰다. 파괴적인 에너지 소비 후에 찾아오는 카타르시스. 곧바로 따라오는 나른함. 걷잡을 수 없이 쏟아지는 잠. 둘은 같은 침대에서 잠이 들었다.

7

오랜만에 무는 담배였다. 덕재는 서재 책상 서랍을 뒤져 라이터를 찾아 냈다. 발코니로 나갈까하다 커튼에 냄새가 배길까 싶어 일층으로 내려갔다. 해가 뜨지 않은 새벽의 밤공기는 차가웠다. 대충 외투를 걸쳐 입었다.

자신의 침대에서 자고 있는 은하의 모습은 마냥 사랑스럽고 근심 없는 아기의 모습 같았다. 은하가 아기는 낳자고 할까. 담배에 불을 붙였다. 담배 가 한숨과 함께 입김을 내뿜는 듯 연기를 차가운 허공에 흘려보냈다. 그럼 아들은? 오피스텔을 하나 얻어줄까. 남남으로 살 수 있을 것 같았지만 왠지 언젠가 걸림돌이 될 것 같아 불안했다. 언젠가는 말해야 할 텐데. 그나저나 아들 녀석은 아직도 뒷정리 중인가. 알아서 마음 정리 중이겠지. 일단 은하 가 일어나면 집에 데려다 줘야겠다.

***

엉겨 붙은 눈곱 때문에 눈이 잘 떠지지 않았다. 자신의 침대가 아니면 잠 을 잘 이루지 못하는 은하였지만 웬일인지 푹 자고 일어나 포근한 감촉에 얼굴을 베개에 파묻었다. 아침인가. 핸드폰 시계를 확인하니 해도 뜨지 않 은 이른 새벽이었다. 맨 살갗에 조금 차갑게 스치는 시트 감촉이 간지러웠 다. 덕재와의 첫 잠자리였다. 가슴이 벅차올랐다. 끊임없이 갈구했던 사랑 을 확인받은 느낌이었다. 그녀의 유년 시절 아버지의 부재는 아직까지도 그런 식으로 내재된 일인지도 몰랐다. 책임감 없는 남성에 대한 무한한 혐오. 중년 남성에 대한 동경과 사랑에 대한 갈구. 그녀 자신만이 스스로 모르고 있을 뿐이었다.

몇 번을 뒤척거리다 힘겹게 눈을 떴다. 블라인드가 내려가 있고 방문이 닫혀 있어 깜깜했다. 어둠에 익숙해지려 시선을 이리저리 돌리는 순간 방문이 열리고 빛이 쏟아져 들어왔다.

―……

―……

―…… 은하?

―…….

피하려고 돌아가지만 결국 그 맞부딪히는 시선의 끝. 그 마찰에서 튀어나오는 당황스러움. 은하는 저도 모르게 이불을 끌어다 알몸을 가렸다. 방문이 끼이익 하고 조금 더 열렸다. 그리고 방으로 들이닥친 그가 은하가 쥐고 있던 이불을 빼앗아 던졌다.

―이은하!

은하는 공포심에 떨고 있었다. 꿈이게 해주세요. 이게 제발 꿈이기를. 전 아직 눈을 뜬 게 아니에요. 전 아직 자고 있어요. 건우였다. 건우는 은하의 동그랗고 하얀 어깨를 꽉 쥐고 흔들어 댔다. 그녀의 가슴은 전에 없던 모양새로 힘없이 흔들렸다.

―왜 여기 있어. 응? 대답해 봐. 옷은 왜 다 벗고 있어. 이 미친년아. 여기가 어딘진 알고 있는 거야?

은하는 대답하지 않고 건우는 미친 듯이 말을 쏟아냈다. 그녀와 그 모두 혼란스럽기 마찬가지였고 무슨 일인지 파악도 되지 않았다.

***

─미안.

─뭐가 미안한데.

은하는 어젯밤 누구와 잤는지 대답했다. 건우는 소리를 질러댔고 은하는 공포심과 혼란스러움에 울기 시작했다. 장덕재와 장건우. 은하는 계속 사과했다. 다른 남자를 만난 것 그 자체가 미안한 것인지 모르겠지만 미안하다는 말만 내뱉었다. 소란스러움 뒤의 침묵은 더욱 무거웠다. 은하는 울면서도 머릿속을 정리하기 위해 애썼다. 살아야겠다는 생각만이 가득했다. 지금이 순간을 빨리 벗어나고 싶었다.

─나도 싫었어.

─뭐가?

─어제 회사 사람들끼리 술을 마셨어. 그리고 난 집에 가려고 했는데, 내집으로 데려다 준다고 했어. 그래서 탔는데 부장님…… 집으로 오는 거야. 그리고 잤어. 난 싫었는데 억지로 했어. 부장님이 막무가내로 한 거야. 그리고 난, 난…… 신입이잖아. 무서웠어.

거짓말을 하는 은하의 입술 끝이 공포로 파르르 떨렸다. 은하가 정신없이 말을 내뱉을수록 건우의 표정은 일그러져갔다. 살기가 띠는 시선에 은하는 고개를 더욱 내리깔았다. 언젠가의 그날처럼 자신의 목을 조를 것 같은 느낌. 은하는 다 버려두고 자신의 집으로 돌아가고 싶다는 생각이 들었다. 그리고 불현듯 끼쳐오는 소름 돋는 인기척에 건우는 뒤돌아보았다. 자신의 아버지. 그토록 자신의 아버지가 볼품없는 인간으로 보인 적이 있었던가. 건우는 걸터앉고 있던 침대에서 일어났다. 은하는 이불을 끌어안았다. 사랑했던 그이는 없었다. 그토록 혐오하던 남성상. 인생을 통틀어 저주했던 기억으로 고통스러웠던 과거를 이제는 덕재로 잊으려 했는데. 은하는 고통을 떨쳐내려고 하는 듯 고개를 내저었다.

─그러고도 인간이야? 우리 엄마, 엄마 당신이 죽였지? 심장마비는 개뿔이 심장마비. 죽여 놓고 딴 소리야.

─이게 무슨……

─은하, 내 여자 친구였어. 알아? 내 여자 친구가 아니었어도 아빠, 아니 당신이 그러면 안 되는 거였지. 이게 말이 돼?

건우는 아버지의 목을 조르기 시작했다. 엄지 끝으로 느껴지는 목울대가 저주스러웠다. 컥컥거리던 덕재가 건우에게서 벗어나려 안간힘을 썼다. 억지로 건우의 손아귀에서 벗어난 덕재가 고통스러워하며 기침했다. 그리고 건우가 침대 옆 전등을 뽑아내 덕재의 머리를 내리쳤다. 언제나 소란 뒤의 침묵은 무거움.

***

쓰러진 덕재를 뒤로하고 건우는 은하를 데리고 도망쳤다. 거부하는 은하의 손목을 억지로 잡아끌었다. 집 밖으로 빠져나와 자신의 자동차로 향했다. 시동을 걸고 거칠게 은하를 차체 뒷좌석에 집어넣었다. 아파트 단지로 은하의 비명소리가 울렸지만 건우는 아랑곳하지 않고 차에 시동을 걸었다. 바로 몇 달 전 은하에게 부드러운 승차감을 자랑하던 건우였지만 거칠기 짝이 없게 차를 몰기 시작했다. 은하와 처음 갔던 모텔로 향했다. 그 빌어먹을, 빌어먹을…… 집구석에 은하를 두기는 싫었다. 그런데 이제는 어디로 가야 할지 모르겠어……. 그런데 은하의 말을 내가 믿을 수 있는 건지. 혹시, 은하가 아니면, 은하를 믿을 수 없으면, 내가 살아온 이래 스쳐 지나간,

그 수많은 사람 중에서…… 내가 믿을 사람이 아무도 없다는 게 무서워서…… 어쩌면 비참해서……. 그 어느 날, 은하에게 전화조차 걸지 못하고 집으로 돌아왔던…… 그 정도로 서로에게 서로가 아무 것도 아니었음을 깨닫고야 말았던…… 그런데도 나는 그것을 부정하고, 일말의, 내가 인간으로서 살아왔음에 주어졌을 일말의 역할에 대하여 그 역할이 은하의 진정한 애인이라도 되는 양 기대하여, 은하의 말을 덥석 믿어버리고 아버지만을 저주하며 이렇게 도망쳐 나온 것은 아닌지. 은하는 왜 내 손길을 뿌리치려 하는지. 하지만, 물을 수 없다. 그 대답이 두렵기 때문에. 이미 자신이 없기 때문에. 적어도 모텔 천장 아래에 있던 우리 둘은 서로에게 섹스 그 이상으로 진정한 의미였을까. 그럴 리가 없다는 알고 있다. 고요가 무겁게 깔린 시커먼 아스팔트 도로 위로 그의 혼돈이 굉음을 내며 달리고 있었다.

그 흔들림 속에서 은하는 공포에 싸여가고 있었다. 혼란스러운 마음을 추스를 시간도 없이 건우에게 끌려간 은하는 흘러내릴 듯한 육체를 억지로 끌어올리는 듯 차체에 몸을 기대었다. 덕재는 죽었을까. 자신의, 자신의……. 자신에게 건우는 무엇이었을까. 내가 그의 이름을 불러주었을 때 그는 나에게로 와서 무엇이 되었을까. 남자친구? 애인? 후배? 아무 것도 아니었다. 내가 그의 이름을 불러주었을 때 덕재의 아들. 끔찍하다. 자신에게 존재의 의미조차 모호한 그에게 목숨을 맡기고 이유도 모른 채 밤거리를 내달리고 있었다. 눈물도 나지 않았다. 미래를 모르는 공포. 앞에서 오는 두려움은 무섭다. 그러나 무지에서 오는 두려움은 더욱 무섭다. 자신의 앞길이 한 치 앞도 보이지 않는다. 존재하는지도 모르겠다. 내 길은 여기까지인가. 절벽 앞에 당도한 것인가. 자신이 이때까지 사회에서, 자기 삶에서 쌓아온 것들이 한 번에 와르르 무너지는 지금, 어디로 돌아가야 할까. 회사는 어떻게 할까. 예전이었더라면 자신의 두려움을 덕재에게 쏟아내고 싶었겠지만 지금은 쏟아낼 수도, 쏟아내고 싶지도 않았다. 사회적 동물의 홀로 서기.

가늠이 되지 않았다.

건우의 차가 모텔 앞 갓길에 섰다. 주차 관리인은 보이지 않았다. 누런 가로등 불빛이 화난 짐승을 달래주듯 조용히 그 위를 내리쬐었다. 은하가 건우의 눈치를 살폈다. 무슨 일을 벌일지 종잡을 수가 없었다. 문을 열고 도망갈까. 다리에 힘이 들어가지 않았다. 걸을 힘도 남아 있지 않았다. 그때 건우가 은하를 내버려 두고 차에서 내렸다. 천천히 은하의 시선에서 사라졌다. 차 문은 잠겨져 있었다. 고르게 돌아왔던 은하의 숨이 다시 가빠지기 시작했다. 미친 듯이 문고리를 잡아끌었다. 열리지 않았다. 운전자석으로 가보아도 소용이 없었다. 허무했다. 이대로 죽는 걸까. 이런 모습으로 뉴스에 오르기는 싫었다. 몇 년 만에 죽은 모습으로 어머니와 아버지를 찾아뵙긴 싫었다. 숨이 막혀왔다. 없었던 폐소공포증의 발생.

다시 뒷좌석에 돌아와 자리에 누워 엎드렸을 때 건우가 돌아왔다. 차 문이 열리는 소리에 은하는 소스라치게 놀랐다. 반가움은 아니었다. 건우의 양손에는 소주병이 가득 담긴 편의점 봉지가 들려 있었다.

8

건우는 먼 옛일로 느껴지는 은하와의 데이트에서 그랬던 것처럼 은하를 데려다주고 자신의 집으로 돌아갈까 생각했다. 아이러니하게도 집으로 돌아갔을 때 옛날처럼 자신에게 신경 쓰지 않는 아버지와 어머니가 있기를 바랐다. 아, 아버지는 계실지도. 젠장 할. 이것 또한 지나가리라. 이것이 휩쓸고 간 그 후의 모습은? 상상해 본 적 없다.

건우가 뒷좌석에 뒤돌아 누운 은하를 보았다. 잠깐 동안이라도 모텔 방을 잡을 생각이었지만 차 안에 있는 편이 나을 것 같았다. 솔직하게 말하자면 무서웠다. 모텔로 들어가는 순간 억지로 과거를 붙잡아 되돌리려 재현해 보는 꼴이 될 것 같아서. 분명 지겹고 외롭기만 했던 과거였는데 왜 되돌리고만 싶어지는 건지.

건우는 아픈 머리에 술을 들이붓기 시작했다. 평소에 자주 마시지 않는 술이었다. 은하는 가만히 누워 꿀꺽꿀꺽 거리는 소리를 들었다. 나도 마시고 싶다, 나도. 은하는 속마음을 내뱉고 말았다. 그러나 건우는 은하의 목소리를 듣지 못한 듯 두 번째 술 뚜껑을 열었다. 속으로 말했다. 나도. 나도 마시고 싶단 말이야. 나도 목마르단 말이야. 은하는 일어나 앉았다. 건우는 뒤돌아보지 않았다. 은하는 손을 뻗어 운전석 옆 비닐봉지에 담긴 소주를 꺼냈다. 그래도 건우는 뒤를 돌아보지 않았다.

말없이 액체가 목구멍으로 넘어가는 소리가 멋쩍게 느껴질 때쯤 건우는 차에 시동을 걸었다. 시동이 걸리는 소리가 차가운 새벽공기를 타고 무겁게 울려 퍼졌다. 은하는 소주가 남은 병을 열린 창문 밖으로 던져버렸다. 병

이 깨지는 소리가 날카롭게 울리면서 차는 속력을 내기 시작했다. 차는 불안하게 질주하기 시작했다. 차선을 제멋대로 바꿔가며 신호를 무시하고 달렸다. 건우는 속도를 줄이고 천천히 산길로 진입했다. 핸들을 돌려 죽어버릴까 생각했다. 제대로 된 사고란 어떤 걸까. 지금 제대로 된 사고를 하지 못하는 것을 술 탓으로 돌리고 싶었다. 절대 아버지와 은하의 관계, 그리고 죽음 때문에 혼란스러워 하는 것이 아니라고 생각하고 싶었다. 그러나 사실이었다. 술의 힘을 빌리려 하면 할수록 진실은 또렷하게 다가왔다.

은하가 밖을 보았다. 차창 밖으로 덕재와 술을 마셨던 카페가 불이 전부 꺼진 채 추억처럼 흘러가고 있었다. 무덤덤했다. 남겨진 자신의 삶을 위해 부단한 노력을 할 생각 따윈 이제 없었다. 끝이 없는 시간의 지속. 은하는 차 유리창에 머리를 기대고 생각했다. 영원이란 그런 것이라 했다. 불변의 상태로 계속 유지되는 것이 아니라 부단히 물질적인 변화를 수행하면서 전체로서의 물질의 존재가 세계를 계속 형성하고 있는 것이라고. 빨리 내가 없어져버렸으면 좋겠다고 생각했다. 그것이 물질의 부분을 구성하고 있는 자신에게 주어진 변화의 임무라고 생각되었다. 차라리 개척할 수 없는 숙명이었으면 좋겠다. 그러면 조금이라도 마음이 편할 것 같았다. 건우는 점점 핸들을 붙잡고 있기가 힘이 들었다. 취기가 점점 올라왔다. 건우가 차를 세웠다. 은하는 그제야 차창 밖으로 던지던 시선을 거두고 건우를 바라보았다. 아직까지도 너와 나의 관계는 무엇인지 모르겠다. 이젠 우리는 남으로 살아가야 할까? 내뱉지 못할 말들이 은하의 머릿속에서 둥둥 떠다녔다.

─집으로…… 돌아가자.

건우가 말했다. 산에는 풀벌레 소리가 가득했다.

─이제 돌아갈 곳은 없어…….

은하가 한숨처럼 말을 내뱉었다. 건우는 대답하지 않았다. 알고는 있었다. 그리고 자신이 아버지를 죽인 것인지 가늠이 되지 않았다. 죽은 아버지를 대면할 바에야 영원히 확인하고 싶지 않았다.

은하는 회사로도 가고 싶지 않았고 집으로 가서 쉬고 싶지도 않았다. 그냥 이대로 시간이 멈췄으면 좋겠다고 생각했다.

－내려.

－뭐?

－내리라고.

－…….

건우가 여전히 핸들을 붙잡고 은하에게 말했다. 어떻게 행동해야 할지 알 수 없는 상황에서 떨어진 명령. 은하는 차에서 내렸다. 밖은 추웠다. 건우의 명령에 따른 것은 어떤 이익과 보상을 기대하여 결정한 행동이 아니었다. 그저 이제는 스스로를 가누는 법을 까먹은 냥 차문을 열고 내렸다. 내려서야 깨달았다. 동이 터오고 있다는 것을. 은하의 눈앞에는 무미건조하게 닦인 도로와 그 옆으로 무성하게 자란 풀과 나무들이 펼쳐졌다. 그 위로 푸르스름한 공기가 내려앉았다. 이따금씩 풀들이 흔들렸다. 산벌레들과 새들이 터오는 동에 가장 먼저 반응하는 듯 고요한 산속을 생의 활기로 깨우려 하고 있었다. 만년이 지나도 산은 이 자리에 그대로 서서 자신의 자리를 지키고 있을 것 같았다. 매일 똑같은 일을 하면서. 매일 새들은 울고 매일 벌레들은 찌르르 거리면서. 풀과 나무는 매일 자라면서. 그럼 나는?

한참을 멍하니 산을 바라보다, 그럼 나는? 자조적인 질문을 내뱉고서야 세워져 있던 차의 운전석을 보려고 몸을 틀었다. 차가 없었다. 분명 액셀러레이터를 밟는 소리도 듣지 못했는데 차는 그 자리에 없었다. 산이 차에게 그 자리는 네가 있을 자리가 아니다, 하고 내쫓은 듯 차는 흔적도 없이 사라졌다. 은하는 서서 차가 사라진 자리를 한참동안 바라보았다.

건우는 운전대를 잡고 산길을 내려가기 시작했다. 내 마지막 도피. 곧 비틀거리더니 핸들이 오른쪽으로 확 꺾였다. 그리고 차체가 절벽 밑으로 떨어지기 시작했다. 차체에 따라 몸통이 돌았다. 누가 말했던가, 신은 인간에게 견뎌낼 수 있는 고통만을 준다고 . 견뎌낼 수 없는 이 고통을 받은 나는 이제 사람이 아닌가.

아버지, 우리가 죽었던 날을 기억해요?

아니. 하지만 우리가 살아온 날들은 기억한단다.

아버지는 아들과 하늘의 별들을 보았다. 죽고 난 다음에야 부자는 나란히 누워 볼 수 있었다. 누운 그 자리 아래에는 산 자들의 세상이 있었다.

2학년에 들어서 다시 책쓰기 활동을 시작했을 때는 조금 막연한 감이 있었습니다. 1학년 때는 분량에 대한 욕심이 있었는데, 2학년 때는 분량에 얽매이지 않고 써서 그런지 훨씬 수월하게 쓸 수 있었습니다.

소설의 장점 중 하나가 인물의 내면을 직접적으로 드러낼 수 있다는 점이라고 생각합니다. 그러나 글을 쓰면서 그 부분이 오히려 힘든 점도 되었습니다. 인물이 하나의 사건을 겪고 나서 한 가지의 감정만 갖는 것이 아니라 동시에 여러 가지 감정을 갖기도 하고, 시간이 지나면서 서서히 복합적인 감정으로 변하기도 합니다. 그런 점을 잘 나타내고 싶었는데 시점이 불안하게 바뀌기도 했고 때로는 뒤섞인 느낌이 났던 것 같아 많은 아쉬움이 남습니다.

소설은 현실에서 나옵니다. 저 역시 '부자'의 조금 불편한 줄거리를 가지고 현실을 다시 한 번 바라보고 싶었습니다. 가정에 대한 애정과 책임감, 돈이면 다 된다는 생각, 그리고 진정한 사랑이란 무엇인지 생각해 볼 따름입니다.

오하영

내가
있어야 할
장소

아직 이 녀석들의 실력도 확인되지 않았다. 물론 큰 기대도 하지 않고 있지만, 만약에 실력이 엄청나게 좋아서 연습을 끝마치고도 시간이 남으면 그것보다 좋은 건 없다. 하지만 실력이 확인되지 않은 한 최대한 빨리 이 녀석들에 대해서 파악을 마쳐야만 한다. 먼저 녀석들의 '실력 파악'부터 해봐야겠다.

최재식

차례

| 제1장 |
전학

　여름의 무더위가 물러나고 있지만 여전히 뜨거운 공기가 남아 있는 9월의 어느 날. 육중한 차체를 흔들며 고속도로를 달리고 있는 고속버스에 나와 어머니는 앉아 있었다.

　이렇게 나와 어머니가 지금 고속버스를 타고 있는 이유, 그것은 바로 우리 가족이 이사를 가기 때문이다. 이사를 가게 된 이유는, 지금쯤 내 남동생과 함께 이삿짐 차에 타고 계실 아버지가 운영하시던 식당이 한 달 전쯤부터 망할 위기에 처했기 때문이다. 그래서 우리 가족은 힘겹게 둥지를 튼 서울을 떠나 지방으로 이사를 가기로 결심했다.

　창틀에 턱을 괸 채 이런 저런 생각들을 하고 있자니, 옆자리에 앉아 계시던 어머니께서 걱정스러운 표정으로 말씀하신다.

　"아직도 그렇게 풀이 죽어 있음 어떡하니……."

　어머니의 눈에는 내가 풀이 죽어 있는 걸로 보이는 모양이다. 내가 어젯밤에 그렇게 소리 질러댔으니 당연한 반응일지도 모르지만…….

　솔직히 말해서 이사 간다는 말을 이사 하루 전날 밤에 하다니, 그건 대체 무슨 경우란 말인가. 덕분에 밴드부 친구들이랑 송별회도 하지 못했다.

　송별회는커녕 휴대폰으로 작별의 문자를 주고받은 것이 고작이었다. 어젯밤에 소리를 질러댔었던 이유도 바로, 밴드부 친구들과의 이별 때문이긴 했지만……. 뭐, 지금은 이미 다 털어냈다.

하지만 어머니께서는 내가 어제의 일을 다 털어냈다는 사실을 모르시고, 지금 내 표정이 좋지 않은 게 어젯밤의 일 때문이라고 여기시는 모양이다. 사실 나의 표정이 썩 좋지 않은 이유는 따로 있다.

멀미.

2시간 째 흔들거리는 버스에 타고 있자니, 슬슬 신호가 온 것이다.

그래서 지금 상황에서의 나는 멀미 때문에 썩 좋지 못한 표정으로 먼 산을 바라보고 있을 뿐이었다.

후아—

극심한 멀미로 인해 깊게 들이마셨던 숨을 내뱉었다. 그때, 어디선가 경쾌한 노랫소리가 들려왔다. 내가 직접 작사 작곡을 한 곡으로, 올해 4월쯤에 갔었던 수련회의 마지막 날 밤 장기자랑에서 우리 밴드부가 불렀던 노래이기도 하다.

지금 여기서 이 노래가 나온다는 건 당연히 내 휴대폰 벨소리라는 뜻이다. 주머니에서 휴대폰을 꺼내 들었다.

'현수'라는 이름이 휴대폰 화면에 떠 있었다.

"하, 이 녀석 그새 내가 보고 싶어진 건가?"

나에게만 들릴 정도의 목소리로 작게 중얼거리며 전화를 받았다.

그 후로 얼마나 떠들었을까. 제법 오랫동안 현수와 이야기를 나눈 뒤, 마지막 작별인사를 하며 전화를 끊었다.

바로 어제까지만 해도 함께 웃고 떠들던 녀석인데, 이렇게 전화 통화로 작별을 고하자니 왠지 모르게 씁쓸하다. 하지만 통화를 하는 동안은 굉장히 즐거웠고, 시간 가는 줄 모르고 떠들다보니 덕분에 어느새 멀미도 나아진 것 같다. 입가에 미소를 띠우며 다시 창밖을 바라보았다.

이런 내 모습을 본 어머니는 이제야 안심이 되셨는지 안도의 한숨을 내쉬신다.

지금은 잠시 멀미가 나아졌다고는 해도 언제 또 다시 멀미가 날지 모르는 관계로 일단은 한숨이라도 자 두는 게 좋을 것 같다는 생각이 들어, 살며시 눈을 감았다.

다음날.

새로운 집, 낯선 방에서 눈을 떴다. 적응이 되지 않아 한동안 새 하얀 천장을 멍하니 바라보았다.

그러기를 잠시, 아직 잠이 채 깨지 않은 상태로 휴대폰 화면을 보았다.

금요일이다.

국수사과영 과목이 모두 들어 있고 예체능 과목이 하나도 없는 최악의 시간표를 자랑하는 금요일이 찾아오고 말았다. 하지만 오늘은, 아니 오늘부터는 다르다.

오늘은 내게 있어 좀 특별한 날. 내 인생에 새로운 첫걸음을 내딛게 될 날이기 때문이다.

전에 다니던 학교의 친구들과 헤어진 건 아쉽지만, 그래도 요즘은 문자 같은 걸로 언제든지 연락하는 게 가능하니 미련 같은 건 버리기로 했다.

"학교 다녀오겠습니다."

"조심해서 다녀오렴."

어머니의 배웅을 받으며 집을 나섰다.

가벼운 발걸음으로 학교로 향한다. 앞으로 내게 주어질 상황을 예측하지 못한 채.

오늘부터 다니게 될 야명 고등학교는 우리 집에서 꽤나 가까이 있다. 느긋하게 걸어 왔는데도 겨우 5분 만에 도착해버렸을 정도이다.

문제는 이렇게 가까울 거라고는 예상하지 못했기에 너무 일찍 와버렸다.

교무실에 불이 꺼져 있는 걸로 봐선 선생님들도 출근을 안하셨나보다.

선생님들이 언제 오실지 알 수도 없고, 그때까지 마땅히 할 일도 없기에 별 수 없이 휴대폰을 꺼내들었다. 한참 동안의 게임으로 휴대폰이 따끈따끈해졌을 때 무렵, 교무실 맞은편에 있는 엘리베이터의 문이 열리고, 선생님들이 단체로 몰려 나오셨다.

"어머, 정말이에, 까아악!"

엘리베이터에서 내리신 선생님들 중, 한 분이 교무실 앞에 앉아 있는 나를 보고는 갑자기 큰소리로 비명을 지르셨다.

그도 그럴 것이 현재 나의 상태는, 불이 켜져 있지 않은 어두운 복도에 혼자 쪼그려 앉아 휴대폰으로 게임을 하고 있는 중이다. 하지만 보는 사람에 따라 이것은 어두운 복도에서 얼굴 아래에 푸르스름한 빛을 비추는 것으로 보일 수도 있다. 마침 어제 낮잠을 너무 자버려 밤에 잠을 제대로 못 잤기 때문에, 나의 눈 밑에는 시커먼 다크서클 또한 짙게 번져 있을 것이다.

"누, 누구세, 아니, 누구니……?"

방금 비명을 지르신 선생님께서 떨리는 목소리로 내게 말을 걸어왔다.

휴대폰을 주머니에 넣은 뒤, 자리에서 일어났다. 허리를 숙여 인사를 했다.

"어……, 저는 오늘 전학 오기로 한 학생…… 인데요."

"아, 전학생이구나. 이름이……."

"아, 제 이름은 나."

"잠깐, 잠깐. 분명 좀 특이한 이름이었는데……."

특이하다니? 솔직히 내 이름 '나 권'이 '낙원'과 발음했을 때랑 소리가 똑같아서 국어시간에 가끔 주목의 대상이 되기도 했지만, 이렇게 직설적으로 들으니 기분이 좀 묘하다.

"응…… 뭐였더라?"

선생님께서 눈을 깜빡이며 고개를 갸웃거리신다. 나는 고개를 떨어뜨리며 낮은 목소리로 대답한다.

"……나 권입니다."

"그래, 그래! 낙원이!"

"나 권이라고요."

"그래, 낙원."

"……나, 권."

"응, 낙원."

"…….."

"……그래서, 성은?"

하아

크게 한숨을 쉬고,

"Paradise가 아니라, 성이 나 씨에 이름이 권이라고요!"

버럭 소리를 질렀다.

"아 그래, 나 권. 권이~!"

하아, 이제야 알아채신 건가…….

"그래서 낙원아."

다시 기억이 리셋되신 모양이다.

"장난이고, 권아. 여기서 뭐하고 있었니?"

"음…… 알람을 잘못 맞추고 거리 감각이 없어서 너무 일찍 와버렸거든요……. 하하."

"그렇구나. 일단은 들어가자."

"아, 네……."

선생님을 따라 들어간 교무실에서 전학생인 내게 관심을 보이시려는 건지 굳이 내 자료들을 이것저것 들추어 보신다.

"음, 전에 다니던 학교에서 성적이 그리 좋진 않았네?"

"그렇네요."

태연스럽게 대답했다.

"그리고…… 밴드부였네? 악기 잘 다루니?"

"아니요. 보컬이에요. 악기 안 쓰고 노래만 부르는 only vocal."

"그럼 조금만 기다려. 8시 되면 선생님이랑 같이 교실로 가자."

"네."

무시당했다. 아마 내 엉터리 영어 발음 때문이겠지. 혼자 머쓱한 웃음을 짓고 있는데,

"아, 참. 혹시 여기서도 밴드부 들어갈 생각이니?"

선생님께서 물으셨다. 나는 한 치의 망설임도 없이 대답했다.

"네. 그럴 건데요!"

"으음, 우리 학교에서 밴드부는…… 딱히 권하고 싶진 않은데……."

"네?"

"아, 아무것도 아니야. 하하……."

"무슨……?"

나는 머리 위에 물음표를 가득 띄우며 고개를 갸우뚱했다. 하지만 나에게 돌아온 대답은 좀 전과 똑같은 아무것도 아니라는 말뿐이었다.

8시가 되고, 선생님을 따라 교실로 향했다.

타닥타닥

딱딱한 키보드 소리만 울리던 교무실에서 거의 30분 동안 움츠리고 앉아 있었더니, 그 사이 상당히 피곤해진 건지 걸음걸이가 엉망진창이었다.

오늘부터 내가 소속될 1학년 5반 교실에 담임선생님과 내가 함께 들어선다. 오늘 전학생이 온다는 소리를 듣지 못했는지 반 아이들이 수군거리기 시작했다.

뭐, 이미 2학기 중간고사도 끝난 이 시점에서 갑자기 전학생이 왔으니 다들 놀라는 것도 당연한 반응일지도 모른다.

"음, 그러니까……, 모두들 조용!"

쿵쿵쿵

선생님이 교탁을 손바닥으로 내리치시며 '에헴!' 하고 헛기침을 하신다. 아이들의 말소리가 어느 정도 안정된 걸 확인한 후에야 선생님께서 다시 입을 여신다.

"벌써 2학기도 절반 가까이 지났지만, 우리 반에 전학생이 왔어. 갑작스럽기도 하고, 올해도 얼마 안 남긴 했지만, 그래도 다들 사이좋게 지내렴."

"네."

선생님의 말씀이 끝나자 학생들은 일제히 대답했다. 그때, 선생님이 내게 눈빛을 보냈다. 그 눈빛의 의미가 자기소개를 하라는 신호라는 것을 알아챈 나는

"아, 네."

하고 대답했다. 교실의 학생들을 바라보았다. 심호흡을 하여 마음을 진정시킨 후, 입을 열었다.

"으, 음……. 안녕…… 하세요? 아무튼–."

잠시 말을 멈추고 뒤를 돌아본다. 칠판 밑에 놓여 있던 분필 중 하나를 무작위로 잡고는 칠판 위에 나의 이름 '나 권' 을 적었다. 그리고 말한다.

"제 이름은 나 권입니다. 그냥 이름만 말하면 '낙원'이랑 헷갈려 하는 사람이 있어서 이렇게 칠판에다 적었습니다."

이렇게 말하는 도중 담임선생님께 슬쩍 눈빛을 보냈다. 조금 찔리라는 뜻에서 보낸 눈빛인데, 효과는 없었다.

그나저나…….

역시 없구나. 요즘 시대에 전학생에게 질문 같은 걸 던져주는 아이들은.

나에게 질문을 하려는 애들이 없다는 걸 확인한 나는,

　"잘 부탁드립니다."

하고 고개를 숙여 인사를 했다.

　"권아. 저기 준수 옆자리가 비었으니 저기 앉을래?"

라며 손가락으로 어느 한 자리를 가리키셨다.

　"아, 네."

하고 고개를 살짝 숙여 대답한 뒤, 선생님이 정해주신 자리로 걸어갔다.

　"그럼, 자습해, 자습! 시험 끝났다고 이렇게 풀려있으면 어떡해."

하고 말씀하시더니 교탁 앞에 앉아, '공부가 제일 즐거웠어요!' 라는 이해 불가능한 제목의 책을 읽기 시작하셨다.

　나는 아직 익숙지 않은 교실을 이리저리 둘러보며 어색한 미소를 입에 담았다.

점심시간.

"권아. 준수 녀석 때문에 고생이 많다."

2교시 쉬는 시간에 내 짝 준수를 통해 새롭게 사귄 친구, 현민이가 말을 걸어왔다.

나는 현민이의 말에 어깨를 축 늘어트리며 낮게 중얼거렸다.

"으으……, 네 옆자리도 비었던데 왜 난 이 녀석 옆인 걸까?"

"하하하! 걱정 마. 조만간 네가 내 옆에 올지도 모르니까."

"어째서?"

고개를 갸웃했다.

"나도 원래 준수랑 짝이었는데, 저 녀석이 워낙에 말이 많아서……."

"선생님이 갈라 놓았어?"

"아니, 내가 부탁했어."

"오~ 얌전한 줄만 알았는데 의외로 남자답네."

"하하. 그러니까, 너도 정 안 되겠으면 선생님께 부탁해 봐."

"오케이. 그럼 지금 당장 가자."

장난처럼 보일지도 모르지만 진심이었다. 짧은 시간이었지만 준수의 사생활을 다 알게 되었으니까.

"아, 아니, 꼭 지금 갈 필요는……."

"아니, 이러다간 앞으로 더 선생님들한테 안 좋은 인상을 남길 것 같아."

현민이의 말을 끊고 나는 진지한 표정으로 말했다.

그 말에 현민이는 그저 웃음을 터트릴 뿐이었다. 정말 나는 진심인데……

"쩝."

쓸쓸함에 혀를 찬 그때, 문득 물어볼 게 생각난 나는 짧게 신음한 뒤 현민이를 향해 질문을 던졌다.

"아! 이 학교에도 동아리 같은 거 있지?"

"응, 당연하지. 들어가고 싶은 동아리라도 있냐?"

갑자기 준수가 대화에 끼어들었다. 현민이는 준수의 말을 무시하고 나에게 말했다.

"원래 3월에 신청받는데 넌 전학생이라서 되려나? 그런데 무슨 동아리에 들어가려고?"

두 사람의 질문에 나는

"응, 밴드부에 들어가려고."

하고 말했다. 그 순간, 그 두 사람의 표정이 딱딱하게 굳어졌다. 마치 내가 절대 해선 안 되는 말을 한 것처럼, 있을 수 없는 일을 하겠다는 것처럼, 말도 안 된다는 표정으로 나를 바라보고 있었다. 교무실에서 선생님도 그랬고, 대체 왜들 이러는 걸까?

"왜 그래?"

나는 고개를 갸웃거렸다. 그러자,

"……너, 진심이냐?"

준수가 진지한 표정으로 물었다.

"……별로 추천해 주고 싶지는 않은데……."

현민이가 떨떠름한 표정으로 말한다.

대체 이 밴드부가 어떻길래 이런 반응들이지?

"뭐……, 딱히 가지 말라고 하진 않겠지만, 너도 들어가 보면 알게 될 거야."

준수가 조심스럽게 말했다.

"뭐, 점심 시간이라 여유가 있으니까 궁금하면 한 번 갔다 와봐."

현민이가 억지웃음을 지으며 내게 말했다.

"그래? 그럼 지금 갔다 올게."

"야! 너……."

그들의 말을 채 듣지 않고 손을 흔들어 준 뒤, 교실 밖으로 나왔다.

교실 밖을 나와 곧장 교무실로 달려갔다. 다행히 교무실에는 담임선생님이 계셨다. 막 자리에서 일어나려던 선생님이 나를 보고는 놀란 표정을 지으신다.

"어머, 권아. 무슨 일이니?"

"아, 그게 말이죠, 혹시…… 밴드부에 들어가려면 어디로 가야 되죠?"

그렇게 크게 말한 것도 아닌데 말이 끝나는 순간, 교무실의 모든 선생님들이 일제히 나를 쳐다보았다. 마치 이 세상의 법칙과 동떨어진 누군가를 보는 것 같은 눈. 그런 눈으로 나를 쳐다본다. 정말로 다들 왜 이러는 걸까? 밴드부에 들어간다는데 그게 문제인 건가? 아니면 이 학교 밴드부가 정말 별로라는 건가? 별로라 할지라도 자신의 적성에 맞는, 자신이 하고 싶은 동아리를 들어간다는데 이런 반응은 좀 낯설다.

그때, 이 정적을 깨트리고 선생님께서 조심스럽게 입을 열었다.

"아, 권아, 그게 말이지……."

당황하셨다. 분명히 당황하셨다. 그걸 눈치챈 나는 방금 전보다 더 큰 목소리로, 일부러 주변 선생님들까지 들으라고 목소리를 높였다.

"빨리 말해 주세요. 밴드부에 들어가려면 어디서 신청해야 되나요?"

정적에 휩싸인 교무실에 내 목소리가 꽤나 쩌렁쩌렁했다. 담임선생님이 난감한 표정으로 바라보셨다.

"그, 그러니까…… 그게 말이지……."

당혹감인지 난감함인지 알 수는 없지만 선뜻 대답을 못하신다.

바로 그때였다. 드르륵―

"차 선생님! 부탁하신 자료…… 어머?"

교무실 문이 양쪽으로 활짝 열리고, 검은 머리를 위로 말아 올린, 정장 차림의 선생님이 성큼성큼 다가오셨다. 잠시 선생님의 표정을 살피다가 그 앞에 선 나와 눈이 마주쳤다.

"어머, 이 잘생긴 학생은 누구? 처음 보는 얼굴인데."

천천히 이쪽으로 오는가 싶더니, 내 한쪽 손을 잡는다.

"앗."

갑작스런 상황에 이런 소리가 새어 나온다.

"그나저나, 정말로 이 학생은 누구에요? 처음 보는 얼굴인데?"

"우리 반에 새로 전학 온 나 권 학생이에요."

"아, 전학생이구나. 왠지 처음 보는 얼굴이라 했지."

정장의 선생님이 가벼운 웃음을 흘리며 말했다.

"교무실엔 무슨 일로?"

그 말과 동시에 잠시나마 다시 밝아졌던 분위기가 다시 침울해지는 기분이 든다. 그런 분위기 속에서 나는 담임선생님보다 앞서 아무렇지 않게 말했다.

"아, 밴드부에 들어가려고 하는데, 어디로 가야 되는지 몰라서요."

내가 그 말을 하는 순간, 정장의 선생님이 바로 말했다.

"내가 우리 학교 밴드부 담당 교사야."

그 말을 들은 나는 한 순간 멍한 기분에 사로잡혔다. 이 선생님과 밴드부라…… 쉽지 않을 것 같다.

밴드 담당 선생님은 우리 학교 음악 선생님이란다. 그래서 본인의 의지와 상관없이 이 학교의 밴드부를 맡게 되었으며, 그 말인즉슨 남다른 열정이나 애정이 없다는 것이겠고, 현재로선 밴드부에 대한 학생, 교사들의 인식이 크게 좋지 않다는 등의 이야기를 늘어놓으시면서 동아리실로 향하는 도중에도 몇 번씩이나 진짜 밴드부에 들어올 것인지 물어보셨다.

"자, 이 제2 음악실이 밴드부 부실이야."

솔직히 주변 사람들의 반응과 음악 선생님의 얘기 때문에 밴드부에 대한 실망을 각오하고 있었던 터라 동아리방에 크게 기대를 하지 않았는데 문을 여는 순간 모든 근심 걱정이 사라지고 이 한 마디만이 내 머릿속에 새겨졌다.

지상낙원(Paradise)!

뜻밖에 3명의 여학생들이 있었다.

부실 구석에 있는 소파에 누워 잠을 청하고 있는 갈색 단발머리의 소녀, 음악실의 중간에 놓인 회의용 책상의 한 자리에 앉아 독서를 하고 있는 등까지 내려오는 검은머리를 가진 소녀, 마지막으로 앞의 소녀와 떨어진 자리에 앉아 비싸 보이는 아이스크림을 떠먹고 있는 긴 갈색 웨이브 머리의 소녀였다.

그동안 남자 고등학교에서 지내다 온 나에게 여학생만 3명이라니, 이런 낙원이 또 있으랴!

이 지상낙원의 소녀 중, 웨이브머리를 한 소녀가 아이스크림을 떠먹던 스푼을 입에 문 채, 내 쪽을 보았다. 무언가에 놀란 듯 두 눈을 크게 뜨며 손가락 하나를 치켜들었다.

내가 있는 쪽, 정확히는 나의 옆에 서 계시는 선생님을 가리켰다.

그러더니,

"어, 쌤이다."

하고 말했다. 하지만 단발머리의 소녀는 잠을 청하느라 무반응. 검은 머리의 소녀는 책에 집중을 한 탓인지 전혀 반응하지 않았다. 그저 책을 다음 페이지로 넘길 뿐이었다. 기대했던 반응과는 전혀 달랐기에 이런 기괴한 광경에 마음속으로 실소가 나왔다.

바로 그때, 주머니가 울렸다. 휴대폰 진동소리였다.

진동이 한 번 울린 것으로 끝나 그 진동의 정체가 문자메시지라는 것을 알 수 있었다. 메시지의 내용을 본 나는 "아……." 하고 소리 내어 신음을 흘렸다.

쉬는 시간 중에 번호를 교환했던 준수에게서 온 문자였다.

[빨랑 와 우리끼리 밥 먹으러 가기 전에]

이 문자를 보고 나서야 떠올랐다. 지금이 점심시간이었다는 사실을.

그제야 꼬르륵 하고 배에서 밥을 달라고 떼를 쓴다.

'그래, 이제 밥 먹으러 가야지.'

그런 생각을 머릿속으로 읊으며 나는 입을 열었다.

"저, 저기……."

"으, 응? 왜 그러니?"

선생님이 대답하셨다.

"아, 저……, 아직 점심을 안 먹어서 이제 친구들한테 가봐야 하는데……."

"그렇구나. 그럼 7교시 끝나고 청소시간에 다시 오렴."

"네……."

나는 작은 목소리로 대답한 뒤, 밴드부의 연습실을 나왔다. 지상낙원을 벗어나, 살짝 달라진 공기를 맛보며 휴대폰 화면에 손가락을 놀렸다.

[지금 갈 테니까 기달!]

준수의 문자에 가볍게 답장을 보낸 후, 교실로 발걸음을 재촉했다.

~ ~ ~ ~

선생님과 약속했던 청소시간.

원래 같으면 청소시간 따윈 전혀 좋은 시간이 아니지만, 밴드부 선생님께서 7교시가 끝나면 다시 밴드부 부실로 오라고 했기 때문에 무척이나 설렜다. 그건 그 지상낙원에 다시 오라는 초대장을 건네 받은 것과 동일하기 때문이다.

그런 이유로 7교시가 끝나자마자 밴드부 동아리실로 달렸고 살며시 연습실 문을 열었다. 그리고 짠하고 나타나리라 기대했던 파라다이스 같은 건 없었다. 다만 선생님만이 교탁에 앉아 나를 맞이하고 있을 뿐이었다.

"어머, 권이 왔구나?"

나는 순간적으로 '하아.' 하고 한숨을 내쉴 뻔했지만, 다행히 그 한숨을 마른침과 함께 삼켰다.

선생님께서 종잇조각을 하나를 내미셨다.

"자, 여기 이름이랑 학년 반은 선생님이 적어놨으니, 사인만 하렴. 그럼 밴드부원이 될 수 있어."

그 종이 위에는 '동아리 지원 신청서'라는 말이 적혀 있었고, 그 아래로는 이름과 학년 반을 적는 칸이 있었다. 나는 대충 사인을 휘갈겨 적고, 종이를 선생님께 돌려주었다.

"좋아, 이걸로 끝."

선생님은 그 종이를 서랍 제일 위 칸에 집어넣으셨다. 분명 선생님이 말하신 것처럼 이걸로 끝, 난 이제 이 학교의 어엿한 밴드부원이 된 것이다.

그런데 어째서인지 찝찝한 기분이 들어 조심스레 입을 열었다.

"그런데…… 2학기인데 이렇게 들어와도 되는 건가요?"

"응? 괜찮아~. 전학생한테까지 그런 걸 따질 만큼 우리 학교는 꽉 막힌 곳이 아니니까."

선생님은 주저하는 나와는 달리 시원스레 대답하며 커피를 한 모금 들이키셨다.

"음……, 그럼 다른 애들은요? 점심시간에 왔을 땐 다른 애들도 있는 것 같던데."

"아, 다른 애들? 청소시간이니까 청소하고 있겠지?"

"네……, 역시 그렇겠지요……."

건성으로 대답하며 한숨을 내쉰다. 점심시간에 있었던 그 여자애들을 보려고 버선발로 달려왔는데, 선생님 밖에 없다니……. 내가 도대체 뭘 바란 거야. 끊이지 않는 한숨만 나온다.

"에휴……."

정적만이 감도는 제2음악실에 공허하게 울리는 나의 한숨 소리. 그런데 그때 한숨과 함께 방음처리가 되어 있는 음악실의 문이 양쪽으로 열리고, 세 명의 소녀가 동시에 모습을 드러냈다.

갈색 단발머리의 소녀와 검은 생머리의 소녀, 그리고 갈색 웨이브머리의 소녀. 점심시간에 보았던 그 소녀들이 분명했다.

'아아, 자기소개라도 해야 하는데…….'

막상 말을 붙이려니 괜히 쑥스러워졌다. 하지만 그렇다고 해서 떨고만 있을 수는 없었다. 일단은 앞으로 같이 밴드부를 이끌어 나갈 새로운 멤버인데, 가만히 있을 수 있으랴. 그렇게 각오를 다지며 최대한 밝은 미소와 최대한 친근한 목소리로 말했다.

"안녕! 나는……."

하지만 거기까지였다. 내가 말할 수 있는 기회는 더 이상 없었다.

"아아, 청소 싫어."

"배고파~!"

"……."

세 명의 소녀 모두 각자 다른 말만을 하며 내 인사를 깔끔히 무시해 주었다. 죽고 싶을 만큼 민망했다. 하지만 여기서 포기할 수는 없다. 일단은 이 녀석들의 성격을 대충 파악하고, 거기에 맞춰서 대해주기로 하자.

내가 생각해도 좋은 생각이라며 고개를 끄덕인다. 본격적으로 작전을 시작하기 위해 몸을 돌렸다. 좀 전에 나를 지나친 소녀들이 모여 있는 방향을 바라보았다. 그러나 이내 나도 모르게 얼굴을 찌푸리고 말았다.

부실에 들어선 뒤 나를 무시하고 지나간 세 명의 소녀들, 그중에서 검은 생머리의 소녀와 갈색 단발머리의 소녀는 각각 베이스 기타와 기타를 교탁 옆에 세워두더니 연습은 하지 않고 각자의 자리로 흩어져 있었다. 물론 웨이브 머리의 소녀도 마찬가지였다.

갈색 단발머리의 소녀는 한 손에 들고 있던 귀여운 동물들이 그려진 가방에서 얇은 핑크색 이불과 그 이불과 세트인 걸로 추정되는 핑크색 베개를 꺼내 소파에 누워 단 3초 만에 꿈나라로 여행을 떠났고, 검은 생머리의 소녀는 동아리실 중앙에 있는 회의용 테이블에 자리를 잡은 뒤, 한 손에 들고 있던 책을 펼쳤다. 마지막으로 갈색 웨이브머리의 소녀는 어째서 음악실에 있는지 이해할 수 없는 냉장고로 향해 냉동실을 열더니 고급스러워 보이는 아이스크림을 꺼내 그걸 부실 중앙에 있는 테이블에 올려놓는다. 다음으로 기타 케이스 옆에 가지런히 놓아둔 손가방으로 졸래졸래 달려가 가방 안에서 아이스크림을 떠먹기 위한 작은 스푼을 꺼낸다. 그리고는 아이스크림을 올려둔 자리로 돌아가 본격적으로 시식을 시작한다.

'이거 참, 무척이나 평화로운 분위기로군. 그래도 이건 아니잖아! 여기

진짜로 밴드부 맞는 거야? 어째서 고등학교 밴드부에 부실을 자기 집 안방처럼 사용하는 애랑 냉장고에서 상당히 비싸 보이는 아이스크림을 아무렇지 않게 먹어대는 애가 있는 거야? 그리고 윤리 선생님들도 읽기 꺼려 할 것 같은 책을 읽는 저 애는 뭐야!'

으으, 신음하며 머리를 감쌌다. 그때, 내 어깨에 툭 하고 가벼운 무게감이 느껴졌다. 고개를 돌리자, 그곳에는 쓴웃음을 짓고 있는 선생님이 있었다. 쓸쓸한 표정으로 고개를 절레절레 저으셨다. 선생님도 이미 녀석들을 포기해버린 건가…….

"이래서 계속해서 물어본 건데, 진심으로 밴드부에 올 생각이냐고."

"……네?"

고개를 갸웃하는 나.

"역시 계속 묻기보다 사실을 먼저 말했어야 했어……."

죄책감을 가지시는 선생님의 표정에 왠지 모르게 내 마음도 약해진다.

"괜찮아요. 제가 선택한 일인 걸요 뭘. 만약 동아리 분위기가 이렇다는 걸 알았어도 밴드부가 아니면 다른 길이 없기 때문에 밴드부에 들어온다는 결과는 바뀌지 않았을 거에요. 그리고……."

내가 쓸쓸한 미소를 밝고 즐거운 미소로 바꾸며 주먹을 불끈 쥐어 말을 이어갔다.

"밴드부가 엉터리라면 뜯어 고치면 되죠, 뭐!"

그 말을 들은 선생님은 약 3초간 멍하니 있더니, 이윽고 '큭' 하고 웃음을 터트렸다. 그 뒤로 한참을 웃던 선생님이 겨우 웃음을 멈추고 내게 말했다.

"하하……, 무리야……."

어째서일까? 선생님이라는 사람이 왜 학생들을 포기하는 걸까? 학생이 바른 길을 갈 수 있도록 인도해 주는 것, 그것이 진정한 교사로서의 도리가 아닌가?

"이 세상에 안 될 건 없어요."

라고 말한 뒤 연습실을 나가려다 고개를 돌려 선생님에게 미소를 지어보였다. 그러다가 다시 돌아와 밴드부의 멤버 한 명, 한 명과 인사를 하기 위해 발걸음을 옮겼다.

먼저 첫 번째 타깃은 책을 읽고 있는 소녀. 웨이브머리 소녀보다 조금 더 긴 검은머리를 묶지도, 웨이브를 넣지도 않은 생머리의 소녀이다.

"안녕, 저기……, 혹시 이름이……."

"……."

아무런 대답도 돌아오지 않았다.

그렇지만 포기하지 않고 다시 한 번 시도했다.

"아, 바다…… 구나. 이름 예쁘…… 다."

마침 그 애가 입고 있는 교복의 왼쪽 가슴에 '강바다' 라고 적힌 노란색 바탕의 명찰이 보였다. 하지만 무반응이라는 결과는 좀 전과 다를 바가 없었다.

"……."

"……."

부실에 길게 흐를 뻔한 고요한 정적을 소파에 누워 잠을 자던 갈색머리 소녀가 "해치워버려!" 라고 큰소리로 잠꼬대를 하는 바람에 정적은 오래 가지 않았다. 덕분에 나는 다시 조심스레 말을 꺼낼 수 있었다.

툭툭, 조심스럽게 어깨를 두드렸다. 그러나 역시 반응이 없다. 눈앞에 양손을 흔들어댔다. 약간의 미동이 있는 듯했으나 역시 그 이상의 반응은 없었다.

툭툭, 툭툭툭툭툭툭, 툭, 툭, 투투툭, 깝죽거리며 양 쪽 어깨를 드럼 치듯이 가볍게 두드렸다.

펙,

하드커버의 책 모서리가 내 정수리를 가격했다.

-악!

아프다. 하지만 포기하지 않았다. 다시 손을 뻗었다.

이번에는 내 손이 닿기도 전에 바로 반격이 돌아왔다. 드르륵, 의자를 빼고 일어나더니 나를 째려보며 입을 열었다. 드디어 처음으로 이 아이의 목소리를 들을 수 있는 것이다.

그런데,

"어이, 인간."

잠깐. 명사가 좀 이상한데?

"어이, 방금 전까지만 해도 쉬지도 않고 그 입을 움직이더니 갑자기 왜 말이 없지? 이 몸의 우월한 모습에 언어 기능을 상실하기라도 한 건가?"

뭐야, 이 말투! 이게 말로만 듣던 그 중2병이라는 건가? 근데 애는 고등학생이잖아!

"다시 그 입을 놀려 보거라. 인간."

"아……, 저……."

이런 상황에서 제대로 말할 수가 없었다. 처음 목소리를 들었는데 예상 외의 반응에 당혹스러웠다.

"인간 주제에 내 독서를 방해하다니, 하긴 너같이 천한 종족이 철학의 참 의미를 알 리가 없지."

아니, 듣자듣자 하니 이건 너무 심하잖아.

"뭐? 너도 인간이잖아!"

끝까지 참아보려고 했지만, 결국 참지 못하고 소리쳐버렸다. 여자애라서 참으려고 했는데 나도 모르게 소리를 질러버린 것이다. 하지만 거기에 죄책감을 가질 틈도 없이 상대방에게서 대답이 돌아왔다.

"뭐라고? 그런 천한 종족과 나를 비교하는 것조차도 죽어 마땅한 짓인데,

내가 그런 천한 종족과 동족이라고 말하다니, 너는 일백 번 고쳐 죽어도 마땅하다!"

"뭔 개소리야!"

"솔직히 말해서, 개가 인간보다 더 우월한 종족이다."

"아니, 너 뭐야? 넌 인간이 아니면 대체 뭔데!"

"난 이 세계에서 가장 우월한 존재다. 자, 어서 머리를 조아리도록."

"닥쳐! 그러니까, 그, 우월한 존재, 그게 뭐냐고!"

우와……, 처음 본 여자애한테 이렇게까지 소리를 지르게 될 줄은 몰랐다. 나의 새로운 모습을 발견했다. 그런데 문제는 이렇게 소리를 지르는데도 전혀 분노가 가시질 않는다.

"너무 우월한 존재라서 말로 형언할 수조차 없다."

"장난 치냐!"

결국 이어지지 않는 대화에 내 화를 참지 못하고 씩씩대다가 겨우 진정했다. 첫 번째 타깃, '강바다'라는 여자애는 패스.

다음, 두 번째 타깃은 아이스크림을 스푼으로 떠먹고 있는 갈색 웨이브 머리의 소녀. 다행히도 다들 명찰을 잘 달고 다녀서 이번에도 이름을 쉽게 확인할 수 있었다. '한 별'이라고 명찰에 쓰여 있었다.

"오, 너는 이름이 두 글자네?"

첫 번째 타깃에서 흐트러진 정신 상태를 빠르게 정비하고, 한 별이라는 아이에게 말을 건다. 그녀는 입에 스푼을 문 채로 눈을 크게 뜨더니 고개를 돌렸다. 동그란 두 눈으로 나를 올려다보았다.

"응? 네 이름은 뭔데?"

냠. 만화 같은 효과음을 입 밖으로 내며 아이스크림을 한 스푼 떠먹으며 말했다.

"나? 내 이름은 나권. '낙원'이 아니고 성이 나 씨에 이름이 권."

"으음~."

그녀가 건성으로 말하며 다시 아이스크림을 한 입 떠먹는다.

"안 줄 거야."

내가 그녀를 계속 바라보고 있자, 내 시선을 의식한 그녀가 나를 째려보더니 불쑥 말했다. 덩치 뿐만 아니라 성격도 살짝 어려보이는 별이의 태도에 순간 움찔했지만, '크흠' 헛기침을 한 뒤 나는 입을 열었다.

"안 먹어, 그렇게 비싸 보이는 거. 만약 준다고 해도 부담스러워서 못 먹어."

"오, 비싼 줄은 아는가 보네?"

키득키득, 어린아이 같은 웃음소리를 내더니, 다시 말을 이었다.

"이게 뭔지 아냐? 이탈리아에 있는 100년 전통 젤라토 가문이 만든 젤라토야."

젤라토. 분명 이탈리아의 아이스크림이라고 알고 있는 것이다. 그보다 젤라토 가문이라니…… 그런 가문이 있어? 그냥 젤라토를 만드는 가문이란 건가.

"그렇게 비싼 거면 보통 먹기 아까워서 잘 못 먹지 않나?"

"난 안 그래. 냠."

소녀가 아이스크림 이 아니라, 젤라토를 한 입 먹더니,

"괜찮아, 우리 집에 아직 산처럼 쌓여 있어. 만약 다 먹는다 해도, 아버지한테 부탁하면 또 엄청나게 사 오실 테니까."

오케이, 애는 부잣집 따님이시구나. 그럼 저 냉장고도 어쩌면 개인 돈으로 설치했을지도 모르겠네.

어쨌든 두 번째 타깃은 순조롭게 통과한 것 같다.

드디어 마지막 세 번째 타깃, 소파에 누워 숙면을 취하고 있는 갈색 단발머리의 소녀의 차례이다.

그러나 어떡하면 좋단 말인가. 여태껏 살면서 여자랑 인연이 적었던 내가 어떻게 잠을 자는 여자아이를 깨운다는 말인가.

첫 번째와 두 번째는 무사히(?) 통과했지만, 이 아이는 조금 힘들 것 같다. 깨어만 있었어도 순조로웠을 텐데 하는 생각이 들었다.

그런 생각들을 하며 소파 앞에 서서 고개를 숙인 채 골똘히 턱을 쓰다듬고 있으려니,

"잠자는 사람 뚫어져라 쳐다보니 좋아?"

분명 자는 줄 알았던 단발머리의 소녀가 '음냐' 하고 힘없는 목소리로 중얼거렸다.

뭐야, 잠꼬대였나?

"지금 잠꼬대라고 생각하고 있지?"

단발머리의 소녀가 이불을 걷어 내더니, 상체를 일으켰다. 소파 앞에 멀뚱히 서 있는 나를 바라본다.

"우, 우왓!"

당연히 자고 있을 거라 생각했던 단발머리의 소녀가 일어난 것에 너무 놀란 나머지 뒷걸음치며 낮은 목소리로 비명을 질렀다.

"자, 자고 있던 거 아니었…… 어?"

내가 조심스럽게 묻자, 단발머리의 소녀는 "헤헤~." 하고 천진난만한 미소를 지었다.

"자려고 했는데, 아니, 분명히 자고 있었어. 꿈도 꾸고 있었으니까."

단발머리의 소녀가 고개를 두세 번 끄덕이더니, 획 하고 나에게 고개를 돌렸다.

"내가 잠 잘 때는 은근 예민해서 말이지. 좀 전에 네가 소리치는 바람에 잠 다 깨버렸어."

아, 그러고 보니 저 중2병 녀석이랑 대화할 때 소리 좀 질렀었지.

내가 좀 전의 일을 떠올리자 다시 기분이 안 좋아졌다. 저 중2병, 언젠간 네 정체를 밝혀주마.

그런데 단발머리의 소녀는 내 교복 옷깃을 잡아 당겼다.

"무슨 일로 나를 그렇게 쳐다보고 있었어?"

"으, 응? 아니, 그냥……. 신입 부원으로 들어왔는데, 인사 정도는 해야 되지 않을까 해서 말이야."

그렇게 말한 뒤, 그녀의 왼쪽 가슴, 정확히는 그곳에 달려 있을 명찰을 보기 위해 눈길을 돌렸다. 그러나 앞의 다른 애들과는 달리 명찰이 없었다.

아크릴 명찰이라서 얼마든지 탈부착이 가능하기 때문에 크게 대수로울 일도 아니지만.

결국 나는 직접 이름을 물어보기로 결심하고 입을 열었다.

"저기 혹시 이름……."

내가 거기까지 말한 순간이었다.

"감히 이 몸과 이야기를 하던 도중에 다른 인간에게 관심을 돌리다니, 무례한 녀석."

그런 오글오글한 대사와 함께 내 뒤통수에 둔탁한 감각이 작렬했다.

~ ~ ~ ~

"으으으."

서서히 눈을 떴다.

창문을 통해서 들어오는 따사로운 햇빛이 내 시야를 자극했고, 창문에 걸려 있는 커튼이 뺨을 간질였다.

아아, 소파에서 잠든 건가? 어제 대체 무슨 재밌는 프로그램이 했던 거지, 내가 침대도 아닌 소파에서 잠이 들다니 말이야.

"으으."

다시 한 번 이빨 사이로 작은 신음을 흘려보냈다. 그리고 주위를 둘러보았는데, 뭔가 이상했다.

우리 집과는 구조가 너무 달랐다. 애초에 우리 집 거실의 커튼은 바닥에 닿을 만큼 길어서 소파에 누운 내 뺨을 간질일 수가 없다. 그리고 우리 집 거실에는 창문은 베란다에 통하는 커다란 유리문 밖에 없는데, 이 유리는 너무 위에 달려 있었다. 창문처럼 말이다.

확실히 이상하다는 생각에 이불을 걷어내고 베개에서 머리를 떼 상체를 일으키자, 모든 상황이 이해가 되었다.

내가 방금 전까지 누워 있던 곳은 밴드부의 동아리 실인 제2음악실의 구석에 있는 소파였다. 즉, 지금 내가 있는 곳은 밴드부 연습실인 것이다.

뭐지? 뭐가 어떻게 된……

"앗."

설마. 입 밖으로 내뱉으며 곧바로 주머니에서 휴대전화를 꺼내어 화면을 켜고 시간을 보았다.

오후 5시 38분.

청소시간이 끝난 건 이미 한참 지난 일이었다. 그뿐만이 아니라, 지금 시간이면 한창 보충수업이 진행 중일 시간이다.

'젠장!'

속으로 욕을 내뱉으며, 곧바로 일어나 이 부실에서 벗어나려 한 그때, 교탁 위에 쪽지가 놓여 있는 것을 발견했다.

〈깨워도 안 일어나서 그냥 두고 와버렸어. 담임 샘한테 아파서 부실에 눕혀놨다고 말해 놨으니 걱정하지 말고. ―정아 샘〉

선생님이 이런 면도 있으셨구나. 그런 생각을 하며 쪽지를 주머니에 대충 쑤셔 박았다. 늦지 않아야 하는데……. 머릿속으로 중얼거리며 발걸음을 옮긴다.

~ ~ ~ ~

그 뒤로 많은 생각을 해봤다. 이곳 야명 고등학교의 밴드부에 대해서.

일단 학생들이나 교사들이 우리 학교 밴드부에 대해서 이상하게 생각하는 건 밴드부원들이 엄청난 괴짜이기 때문인 것 같다. 물론 그 이외에 다른 이유가 있을 수도 있지만, 자세한 건 알 수 없는 관계로 잠시 덮어두자.

이 밴드부는 부원들뿐만 아니라, 선생님까지도 이끌어 가보려는 의지가 없다. 한 명은 오자마자 취침, 부잣집 아가씨로 추정되는 한 명은 부실 냉장고에서 계속 비싸 보이는 것들을 꺼내 먹는다. 마지막 한 명은 자신이 뭔가 우월한 존재인 줄 알고 사람들을 깔보는, 심각한 중2병 환자이다. 거기다 담당 교사는 성격적으로는 문제가 없지만, 이 막장인 밴드부를 포기한 지 이미 오래인 걸로 보였다.

이런 엉터리인 밴드부를 제대로 키워보려면 밴드부원들의 변화가 필요하고 그들과 대화조차 어렵기 때문에 변화를 이끌어내기 위한 정보를 얻기에는 턱없이 부족했다.

2학기라서 학교 축제까지 앞으로 한 달도 남지 않았다는데, 우선은 그 축제의 무대를 노려보는 것이 내가 이 밴드부에서 할 첫 번째 목표로 보인다. 아니, 무조건 축제 때 무대에 올라 성공적인 공연을 해보일 것이다. 그런데 문제는 그럴 만한 시간이 없다.

일단은 이 녀석들의 사소한 것 하나하나까지는 아니더라도, 적당한 관계를 유지해 놓아야만 잘 구슬려서 연습을 시킬 수 있을 것이다. 이 모든 것을 최대한 빠른 시일 내에 성공해야만 한다. 그러지 못하면 1달도 채 남지 않은 축제에서 성공적인 무대를 이끌어 내는 것은 불가능하다.

아직 이 녀석들의 실력도 확인되지 않았다. 물론 큰 기대도 하지 않고 있지만, 만약에 실력이 엄청나게 좋아서 연습을 끝마치고도 시간이 남으면 그것보다 좋은 건 없다. 하지만 실력이 확인 되지 않은 한 최대한 빨리 이 녀석들에 대해서 파악을 마쳐야만 한다.

먼저 녀석들의 '실력 파악' 부터 해봐야겠다.

보충수업이 끝난 뒤 곧바로 5층으로 달려갔다. 부실의 문을 열어젖히고 그녀들에게 외쳤다.

"니들 오늘 밤에 시간 있냐!"

제3장

데이트(?)

"알겠지? 일요일 오전 9시까지 학교 정문 앞이야. 절대로 늦지 마!"

그런 말을 하고 밴드 연습실 앞에서 세 소녀들과 헤어진 뒤, 집에 돌아온 내게 벌써 1시간이라는 긴 시간이 지났다.

"후우, 말은 그렇게 했는데……."

불 꺼진 방 침대에 누워 온통 캄캄하기만 천장을 올려다보면서 혼자 중얼거렸다.

"하아……."

또 한 번 한숨을 쉬고, 오뚝이처럼 몸의 반동을 이용해 침대에서 일어났다. 거실로 나가 물을 마셨다.

"어머, 또 물 마셔? 오늘 저녁에 음식 짜게 먹었니?"

어머니의 걱정스러운 목소리에 나는 "그런가 봐요."라고 대충 대답한 뒤, 방으로 돌아왔다.

사실 내가 이렇게 물을 마시는 건, 오늘 저녁밥과는 전혀 무관하다. 이렇게도 목이 타는 이유는 순전히 오늘 내가 밴드 연습실에서 세 소녀들에게 홧김에 제안한 일 때문이다.

~ ~ ~ ~

"오늘 밤에 시간 있나?"

내가 외친 그 말에 소녀들이 미쳤냐는 둥, 변태는 꺼지라는 둥, 엄청 욕을 얻어먹었지만, 자초지종을 겨우 설명해서 그녀들을 설득시켰다.

'오늘 밤에 너희들 연주 실력도 확인할 겸, 밴드부 활동비 받아서 학교 앞 연습실 갈 생각인데, 시간 있어?' 라는 말을 너무 급한 나머지 '오늘 밤에 시간 있나!' 라고 엄청 간략하게 요약해버린 것이 오해를 불러 일으켰다.

어쨌든 소녀들은 모두 귀찮아하는 것 같으면서도 은근슬쩍 내 제안을 받아들여 주었다. 곧 학교 축제가 있어 활동비를 받은 우리는 무대 준비 명분으로 다른 애들이 학교에서 야자를 하는 동안 밴드 연습실에서 연습을 할 수 있었다.

부실에선 매일 자기 할 일만 하면서도 모두들 어째선지 부실에 올 때마다 기타와 베이스를 메고 가져 오기 때문에, 나는 집에 들를 필요 없이 곧바로 학교 근처에 있는 밴드 연습실로 갈 수 있었다.

진하늘이라는 이름의 갈색 단발머리 소녀가 어디서 어떻게 구한 건지 의문이 가는 눈부신 광택의 핑크색 계열의 일렉 기타를, 검은 생머리의 소녀 바다는 자신의 머리색과 같은 칠흑색 바탕에 중간에 흰색 부분이 조금 자리 잡은 베이스 기타를 꺼내 자세를 잡았다. 갈색 웨이브머리의 소녀 별이는 가방에서 약 20cm 정도의 끝 부분이 둥근 나무 막대 드럼스틱을 꺼내 들어 화려하게 돌려댔다. 지난 학교에서의 내 친구 드러머는 자신의 드럼이 아니면 연습도 안하는 녀석이었는데, 다행히 별이는 연습실에 세팅되어 있는 드럼으로도 괜찮은 모양이다.

그렇게 해서 나의 주도 아래, 연습이 시작되려 하는데…….

"인간 주제에 나에게 명령을 내리는 거냐?"

라고 바다가,

"낙원이는 무슨 파트야아~?"

라고 하늘이가,

"그래, 그래! 넌 무슨 역할인데? 설마, 매니저 역할로 들어온 거야?"
라고 별이가 차례대로 질문 공세를 해왔다.

"보컬이야. 다음에 노래 들려 줄 테니까, 일단 연주해 봐."

그 말에 세 소녀들이 못마땅한 표정을 하거나 씁쓸한 웃음을 지었지만, 나는 얼굴에 철판을 깔아 그 모든 반응을 무시하고서 마침 내 가방에 있었던 수정 작업 중이던 자작곡의 악보를 나눠주었다. 악보를 받은 뒤에도 여전히 못마땅해 보였지만, 다행히 연습을 시작하려는 듯한 자세를 보였다.

"원, 투, 쓰리, 포."

박수와 함께 연주 시작을 알렸다.

그렇게 시작된 연습의 결과는, 한마디로 표현하자면 최악이었다. 정말 밴드부가 맞는지 의심이 될 정도의 실력이었다. 아무리 고등학교 아마추어 밴드부라도 이건 너무 심하다는 생각에 중간에 박수를 쳐가면서 멈추라고 소리쳐댔지만, 소녀들은 내 말이 들리지 않는지 끝도 없는 소음을 만들어 연습실 안의 공기를 뒤흔들어 놓았다.

결국 약 4분 동안 소음이 되어 버린 내 자작곡을 들어야만 했다.

소음이 멎고, 나는 막았던 두 손으로 막고 있던 귀를 열었다.

"다 끝났냐?"

거기에 돌아온 대답은,

"뭐야, 이 쓰레기 같은 곡은."
라는 별이의 싸늘한 반응이었다.

"……어이."

낮은 목소리로 말한 뒤, 나는 계속해서 말을 이었다.

"그래, 그래, 이건 아직 수정도 덜 끝난 미완성곡이야. 그렇지만 말이야……."

나는 그렇게 말을 덧붙이고,

"방금 건 곡의 수준보다 너네들이 연주를 못해서 내 곡을 이상한 소음으로 만들어 놓은 거라고!"

나는 목청이 터질 기세로 크게 소리 질렀다.

"어, 네 곡이었어?"

"후아~, 잠 온다."

"역시 인간이 만든 곡이라서 그런지, 볼 품 없군."

별이, 하늘이, 바다가 차례대로 말했다. 그보다 바다 녀석, 인간이 만든 곡이 아니면 대체 누가 만든 곡을 연주하겠다는 거야?

정말……, 한숨 밖에 나오지 않는 녀석들이다.

하지만 나는 '한 명이 못해서 다른 사람들까지 못하는 걸로 들릴 수 있다'는 생각에 그 범인을 잡기 위해서 각각 한 명씩 내 곡을 다시 연주시켰다.

그런데 놀랍게도 개인적으로 연주를 시켜보았더니, 모두 실력이 수준급이었다. 그랬다. 이 녀석들에게 부족한 것. 그것은 바로, 여러 명이 이끌어 나가는 밴드에서 가장 중요한 요소 중 하나인 '팀워크'였다.

팀워크가 맞지 않는 지금과 같은 상황에서는 아무리 개개인의 실력이 좋아 봤자, 다 같이 연주하면 그냥 시끄러운 소음만 만들어 낼 뿐이었다.

나는 앞으로 한 달도 남지 않은 학교 축제 전까지 해야 할 일을 알아냈다. 그건 바로 팀워크를 키우는 일이다.

그렇지만 이렇게 독립심이 강하고(특히 별이와 바다), 부실에서 서로 대화도 하지 않는 이 녀석들이 어떻게 하면 팀워크를 키워낼 수 있을까라고 생각하던 도중, 불현듯 한 가지 생각이 떠올랐다. 그것은 바로 이 녀석들을 제대로 파악해 보는 것이었다.

팀워크도 키우고, 이 녀석들을 제대로 파악해 보는 것을 따로 하려면 시간이 든다. 그래서 나는 이 두 가지를 한 번에 충족시킬 수 있는 일을 생각하다가, 결국 최종적으로 이른 답이 '데이트' 였다.

보통 사람들이 아는 데이트라면 '연인들끼리 단둘이서 놀거나, 식사를 하는 것' 이지만, 여기서 내가 생각한 '데이트' 는 조금 달랐다.

남자인 나와 여자 세 명—하늘, 바다, 별—이 함께 놀러 가는 것이다.

그렇게 한다면 다 같이 놀면서 서로 간의 유대감을 키울 수도 있고, 또 내가 이 녀석들과 같이 즐겁게 놀다보면 이 녀석들에 대한 것들도 조금은 더 알 수 있을 것이다.

그런 이유로 데이트(?)를 하기로 결심을 내린 나는 또 한 번 거침없이 소리쳤다.

"너희들 셋, 이번 주 일요일에 나와 데이트를 해줘야겠다."

……내가 생각해도 너무 거침없었던 것 같다.

결국, 또 그 녀석들의 오해를 푸느라 고생을 해야 했다.

어쨌든 우여곡절 끝에 겨우 오해도 풀고 승낙도 해주었지만, 당일날 그 녀들이 정말로 와줄지, 그것이 문제였다.

~ ~ ~ ~

일요일.

오늘은 아침부터 밴드부의 세 소녀들과의 약속이 있기에 어제처럼 11시 까지 자고 싶은 마음을 꾹꾹 눌러 담고, 평일이었으면 학교로 등교하였을 시간에 집을 나섰다.

가족 이외의 여성과는 인연이 없었던 나에게 이번이 첫 데이트인 만큼, 의상에도 신경을 썼다.

평소에는 다리에 딱 달라붙는 스키니 청바지를 즐겨 입지만, 너무 딱 붙으면 오히려 여학생들이 좋아하지 않는다는 얘기를 어디선가 들은 적이 있기에 약간 헐렁한 청바지를 입었다. 또 9월 중반이지만 아직 더위가 남아 있어 위에는 밝은 파란색 계열의 와이셔츠를 걸치고 제일 위쪽의 단추를 3개~4개 정도 풀어 놓은 뒤, 소매를 팔꿈치까지 걷었다.

그렇게 해서 겨우 오전 8시 40분에 집을 나서서 그냥 평범한 페이스로 걸었을 뿐인데, 역시나 약속 장소인 야명 고등학교까지는 5분도 채 걸리지 않았다. 그런데 한 가지 놀라운 것은.

"오~, 낙원이다아~."

"늦어, 인간."

"늦었어!"

약속 시간이 되려면 시간이 좀 남았음에도 의외로 하늘이, 바다, 별이는 일부러 일찍 출발한 나보다도 먼저 도착해 있었다.

오늘은 평일이 아닌 일요일인 만큼, 당연히 교복차림이 아니었다.

하늘이는 평소의 발랄함에 어울리는 하늘색 계열의 원피스를 입어 평소의 발랄함을 더했다. 그에 반해 바다는 어둡고 중2병 같은 성격에 맞게 검은 바탕에 해골 무늬가 왼쪽 가슴 부근에 박힌 반소매 티셔츠와 다리에 딱 붙어 라인을 그대로 보여주는 청바지를 입고 있었다. 하늘이와는 정반대의 패션에 나란히 서 있는 두 사람이 의도치 않게 비교가 되었다. 마지막으로 별이도 조금 건방진 성격에 맞게 눈에 확 띄는 붉은색 후드티와 길이가 꽤나 짧은 청색 반바지를 입고 있었다.

"미안, 미안, 너희들 대체 언제부터 와 있었던 거야?"

발걸음을 재촉하며 그렇게 말했다.

"우리도 방금 왔어."

하늘이가 말했다. 솔직히 내가 일찍 나와서 하고 싶었던 대사이었지만, 예상치 못한 상황에 빼앗겨 버리고 말았다.

어찌 됐든, 이렇게 나의 첫 데이트(?)가 시작되었다.

조용하다. 너무나도 조용하다.

여자애 셋 사이에 덤으로 같이 끼워져 있는 나는 그렇다 쳐도 이 녀석들, 정말 같은 밴드부원이 맞는지 의심이 갈 정도로 조용했다.

그러고 보니 부실에서도 각자 할 일만 하고 서로 대화하는 모습을 본 적이 없었다. 부원들끼리 이렇게 사이가 좋지 않으니 당연히 팀워크가 좋지 않을 수밖에.

"저기……."

4명이라는 적지 않은 수의 사람이 걷고 있음에도 신발이 땅을 내딛는 소리 밖에 들리지 않는 분위기에서 이 조용함을 어떻게든 깨보기 위해 억지로 목소리를 짜내보았다.

"응~?"

"……?"

"앙?"

하늘, 바다, 별이, 각자 자신의 특징이 돋보이는 반응을 보였다.

"내가 지난번에도 말했듯이, 오늘은 팀워크를 키우기 위해서 이렇게 만난 거야. 그렇다고 그렇게 부담감 가질 필요는 없고 그냥 즐겁게 놀면 되는데……."

하아 한숨을 내뱉으며 왁스를 사용해서 애써 정리한 머리에 손을 얹었다.

"이건 너무 하잖아. 같은 멤버들끼리 왜 이렇게 어색한 거야? 누가 보면 서로 모르는 사인데, 그냥 좀 붙어 있는 걸로 보이겠다."

이 말에 유일하게 대답해 온 사람은 하늘이뿐이었다.

"너도 봤잖아. 부실에서도 우린 대화 같은 거 안 나누는 걸."

사실이다. 내가 두 눈으로 똑똑히 확인했다. 그런데 어째서 내겐 저 말이 변명으로만 들리는 걸까?

~ ~ ~ ~

그렇게 얼마를 걸었을까. 버스 정류장에서 버스를 타고 약 20분. 나와 세 명의 소녀는 시내에 도착했다.

어제 조사한 바에 따르면, 시내에는 '금성 거리'라는 곳이 유명하다길래, 오늘 목적지를 그곳으로 정했다.

금요일에 교환한 번호로 '금성 거리라는 곳에 가자!'라고 문자를 보냈더니 거기에 가본 적이 없다는 나에게 유감을 표현하는 답장만이 돌아왔었다. 솔직히 당연한 거 아닌가? 서울에 살다가 이쪽으로 온 지 일주일도 안 됐는데……. 다음에 서울로 데려가서 '아직 명동도 안 와봤냐?'라고 놀려주면……, 그래도 내가 욕먹으려나.

그런 생각을 하고 있는데,

"왜 멈춰 있냐. 혹시 길 몰라?"

내 귓가에 들려온 목소리는 살짝 건방진 투의 별이 목소리었다.

별이의 말에 딱히 반박할 수가 없었다. 이곳에 처음 온 내가 어떻게 길을 알겠는가.

"뭐라 드릴 말씀이 없습니다."

내가 고개를 푹 떨어트리며 말하자, 별이는

"어쩔 수 없네. 이곳에 그 누구보다도 많이 와본 내가 길을 안내해 줄게, 신입! 하하하!"

별이가 아저씨같이 호탕한 웃음을 선보였다.

버스 정류장에서 20분 정도 걸었을까, 주말이라 사람들로 유난히 더 북적이는 거리에 드디어 '금성 거리'라고 새겨진 작은 돌기둥이 눈에 들어왔다.

"오……, 드디어…… 도착했구나."

지친 목소리로 감탄의 말을 내뱉었다.

이곳 금성 거리는 내가 서울에 있을 적 친구들과 자주 놀러 갔던 서울의 시내와는 또 다른 느낌이었다. 양쪽으로 늘어선 식당이나 카페, 그리고 옷가게 등의 볼거리. 분명히 비슷하지만, 이곳만의 색다른 분위기가 마음에 들었다.

넋을 놓고 거리를 둘러보는 나의 귀를 별이의 귀여운 목소리가 자극했다.

"서울에는 이런 곳 없지?"

'아니, 더 넓고 좋은 곳이 있어. 훨씬 더 많이 있으니까 동백꽃의 점순이 같은 대사는 그만둬.' 라고 말하고 싶은 것을 간신히 참고 환하게 웃는 얼굴로 내 주위에 있는 소녀들을 향해 말했다.

"그, 그럼…… 어서 가보자!"

굉장히 흥분한 내 목소리에,

"오케이~."

하고 발랄한 목소리로 하늘이가,

"……기분 나빠."

하고 오늘도 인간이 싫은 중2병 바다가,

"어쩔 수 없다니깐!"

하고 귀엽지만 은근히 건방진 말투의 별이가 말했다.

우리들 야명고 밴드부의 팀워크를 위한 데이트가 시작되었다.

~ ~ ~ ~

여자와 놀든지, 남자와 놀든지, 노는 코스는 비슷한 듯하다. 다만, 팀워크를 키우기 위해 즉, 서로간의 친목을 다지기 위해 마련한 오늘인 만큼, 서로 간의 소통이 적어지는 영화관을 코스에서 일부러 뺐고, PC방도 여자애들이 싫어하는 코스라 제외했다.

그리고 나니 남은 코스라고는 쇼핑, 오락실, 노래방 등의 아주 흔한 곳들 뿐이었다. 그런데 뭐 딱히 상관없지 않은가, 이 코스들도 확실히 오늘의 목적인 '친목'을 다질 수 있기 때문이다.

가장 처음으로 온 곳은 바로 서점이었다. 서점이라고 해서 그냥 동네 서점 같은 곳이 아니다. 바로 이곳, 시내에 와야 그 모습을 볼 수 있는 대형서점이었다. 보통 이런 곳은 건물 안에 서점만 있지는 않다.

"지하에 가면 재밌는 거 많다던데……."

"응, 되게 많아."

내 말이 떨어지기 무섭게 말을 한 것은 하늘이었다.

"흐음, 그럼 가볼까?"

에스컬레이터를 타고 지하 1층으로 내려가니, 커다란 문구사가 자리 잡고 있었다.

대형 건물의 한 층을 통째로 차지한 이 거대한 문구사는, 정말 '없는 게 없다'라는 말이 어울릴 정도로 물건이 많았다. 보통 동네에 있는 문구사에는 공책, 필기도구, 그리고 아이들이 좋아하는 간단한 장난감 정도 밖에 없지만, 이곳은 그런 평범한 것들은 물론이고 헤드셋, 인기 가수의 음원 CD, 여자아이들이 좋아할 것 같은 인형 등, 다양한 물건들이 눈에 띄었다.

하지만 얼마 지나지 않아 나는 이곳에 온 것을 후회하고 말았다.

내가 이 대형서점을 오늘의 코스에 넣은 이유는 바로, 여자아이들 끼리 쇼핑을 하면 서로 이것저것 물어보면서 같이 물건을 사거나, 웃고 떠드는, 그런 다정한 장면을 상상했는데 이 녀석들을 보기 좋게 나의 예상을 깼다.

내가 여자아이들에 대해 잘못 생각을 하고 있던 건가? 아니다. 그렇지 않다. 주위들 둘러보면 분명히 서로 물건을 골라주거나 같이 구경하는 여자

아이들의 모습이 많이도 눈에 들어온다. 그렇다면? 즉, 이 녀석들이 다른 여자아이들처럼 평범하지 않은 것이다.

하늘이는 잘 때 끌어안고 자려는 건지 커다란 인형들을 혼자서 둘러보고 있고, 바다는 어느새 내 시야 밖으로 사라져서는 1층으로 올라갔다. 아마도 1층에서 책을 보고 있는 거겠지. 마지막으로 별이.

별이는 어째서인지 얌전히 내 옆에 가만히 서 있었다.

"넌 구경하러 안가?"

별이에게 말했다. 그런데 그녀는 날카로운 나를 눈빛으로 올려다보고는

"그러는 너는?"

하고 대꾸했다.

"나야 뭐……, 좀 있다가 헤드셋이나 신곡 앨범이나 좀 둘러보려고."

"흐음, 난 뭐…… 여기에 많이 와봐서 딱히 볼 게 없어."

"그래서, 계속 여기에 서 있겠다고?"

"그럼, 뭘 바라냐?"

바란다니…….

"아무리 그래도, 가만히 서 있기도 뭐하지 않냐?"

"그야, 뭐……."

우물우물 말끝을 흐리는 별이의 두 눈 사이의 공간을 검지로 톡 건드려보았다. 별이의 눈이 순간 깜빡였고, 나는 그런 그녀를 보고 양쪽 입 꼬리를 올려서 웃어 보이며, 입을 열었다.

"잊지 마, 오늘의 목적은 어디까지나 '친목 다짐'이니까."

몸을 획 돌려 음원 판매 코너를 바라본 후, 고개를 살짝 돌려 별이에게 말했다.

"살 거 없더라도 같이 가자. 가만히 서 있으면 사람들 다니는데 방해 되잖아."

"응? 아, 으, 응……!"

살짝 미소를 띠며 말한 나의 말에 별이는 당황한 목소리로 대답하며 졸졸 내 뒤를 따라온다.

~ ~ ~ ~

대형서점의 지하에서 내가 좋아하는 밴드 그룹의 신곡 CD를 구입했다. 그러고 나서 수많은 사람들로 만원 상태인 문구사를 이리저리 둘러보며 여자애들을 찾아보았다. 다행히도 금방 하늘이를 발견할 수 있었다.

인형 코너에서 깊은 고민에 빠져 있어 뭔가 살 게 있는 듯했지만, 가까이 가서 물어보니 그냥 구경 중이었다며 나를 따라나선다. 사람도 많고 무척이나 덥기도 했기에 우리는 1층으로 올라가기로 했다. 사람들로 가득찬 장벽을 뚫고, 힘겹게 에스컬레이터에 올랐다.

곧이어 에스컬레이터가 우리를 1층까지 안전하게 데려다 주었고, 에스컬레이터에서 내린 나는 주위를 둘러보며 어딘가에서 책을 보고 있을 바다를 찾아보았다. 곧 문학책 코너에서 익숙한 모습을 발견했다. 꽤나 긴 검은 생머리에, 머리색과 색을 맞춘 듯한 해골이 작게 그려진 검은 티셔츠와 다리 라인을 그대로 보여주는 청바지, 그중 무엇보다도 눈에 띄는 점은 '나한테 다가오지 마' 라고 말하는 듯, 조금도 흔들리지 않는 포커페이스였다. 그 모습은 누가 봐도 내가 찾고 있던 소녀, 바다임이 틀림없었다.

바다를 발견한 내가 살짝 고개를 돌려 하늘이와 별에게 따라오라는 눈빛을 보내고 그녀를 향해 천천히 걸어갔다. 뛰어가서 놀라게 하는 장난을 쳐봤자, 돌아오는 소리는 욕 이상의 반응이 돌아올 것이 분명하기 때문에 그냥 자연스럽게 말을 걸었다.

"바다야, 아직 더 읽을 거야?"

그러자 그녀가 슬쩍 나에게 시선을 주더니,

"인간 주제에 내 고귀한 이름을 입에 담다니. 그 몸이 죽고 죽어, 일백 번 고쳐 죽어도 마땅하다."

역시나 뛰어가든, 걸어가든, 놀라게 해주든, 돌아오는 반응은 똑같은 것 같다.

자연스럽게 말을 걸면 괜찮을 거라고 생각했던 내게 뒤통수를 강하게 한 대 가격당한 기분을 느끼게 해준 바다의 반응에 나는 곧바로 기가 죽어 버렸다. 겉으로 본 나의 모습은 그대로겠지만, 마치 깡통처럼 찌그러져 바닥을 데굴데굴 굴러다니는 내 속마음을 아는지……

이런 생각을 하며 지원 요청을 바라며 내 뒤에 서 있는 두 명의 소녀, 하늘이와 별이 를 보았다. 그러나 하늘이는 얼굴에 식은땀을 흘리며 고개를 도리도리 가로저었고, 그 옆에 서 있는 별이는 열심히 눈알을 굴리며 내 시선을 요리조리 피하고 있었다.

몇 번씩이나 말하지만, 오늘의 가장 큰 목적은 '멤버들 간의 친목' 이다. 하지만 이 녀석들은 내가 오늘 일부러 이런 자리를 마련했음에도 불구하고 거의 대화를 하지 않았다. 실제로 학교에서 밴드부 부실에 들어가면 이 셋은 따로 놀기만 할 뿐, 같이 이야기를 하는 모습을 본 적이 없다. 그나마 하늘이와 별이가 선생님과 한 번씩 말을 붙이기만 하지, 절대로 멤버들끼리는 대화를 하지 않는다.

그런 그녀들이다. 그러니 하늘이와 별이도 같은 여자고 같은 밴드부 멤버라고 해도 저렇게 인간을 거부하는 검은 오라를 내뿜는 바다와는 절대 말을 붙이고 싶지 않을 것이다. 물론 나도 마찬가지였다. 그래서 그나마 저 두 소녀들에게 떠넘겨 보고자 고개를 돌려보았던 것인데 결과적으로는 퇴짜를 맞고 말았다.

결국, 할 수밖에 없는 것이다. 내가 이 인간을 거부하는 검은 오라의 벽을 세워 놓은 소녀에게 말을 걸 수 있는 사람, 내가 용기를 더 내보는 수밖에는.

꼴깍.

마른침을 삼킨 뒤, 서로 맞붙어 떨어질 생각을 안 하는 내 입술을 부르르 떨며 겨우겨우 입을 열었다.

그 순간—갑자기 하드커버로 되어 있어 맞으면 아플 것 같아 보이는 책 뒷면의 요약 글을 읽던 바다가 손에 들고 있던 책을 다시 제자리에 꽂은 뒤, 유유히 몸을 돌려 나와 하늘이, 별이를 지나쳤다.

'뭐지?' 하고 의아해 하고 있는 그때,

"어이, 안 와? 가려고 부른 거 아니었어?"

감정이라고는 조금도 찾아 볼 수 없는 딱딱한 명령조의 목소리가 들려왔다. 이제는 꽤나 익숙한 목소리였다.

매일 자신 이외의 다른 사람들을 '인간'이라는 명사로 부르며, 무시하고 상대방을 위에서 내려다보는 듯한 말투를 사용하는 소녀. 그 목소리에 나는 뻣뻣하게 굳은 몸을 겨우 뒤로 돌렸다.

"어, 어…… 지, 지금 갈, 게."

말을 더듬고, 하늘이와 별이에게도 가자는 신호를 보냈다. 바닥에서 떨어질 생각을 안 하는 두 다리를 억지로 움직여 우리를 째려보고 있는 바다가 서 있는 서점의 출구로 걸어갔다.

장난이 아니라, 가끔 진짜 무섭다. 저 녀석…….

~ ~ ~ ~

서점을 나오니, 마침 점심시간이었기에 다 같이 점심을 먹고 다시 거리로 나왔다. 그리고 얼마나 걸었을까.

"이 근처에 아는 카페 없어?"

별이가 말했다.

밥 먹은 지 얼마나 됐다고 카페…… 여자애들은 이해할 수 없다. 별이는…… 아, 디저트를 찾고 있는 것이다. 애초에 별이는 부실에서도 항상 뭘 먹고 있었지.

바로 그때, 하늘이가 발걸음을 멈췄다. 그 행동에 모두 걸음을 멈춘다. 일제히 하늘이를 바라보자 자신만만한 표정으로 말했다.

"나만 믿어!"

나는 이곳 지리도 모르고, 나를 위한 데이트가 아닌 이 세 소녀의 팀워크를 위한 데이트이니…… 그래, 여기서부턴 하늘이에게 맡기기로 하자.

잠시 후, 하늘이를 따라가 우리가 도착한 곳은 한 애견카페였다. 말 그대로 카페인데 그 카페에 강아지들이 돌아다니는 것이다. 나는 평소 동물에 관심이 없는 편이라 그런지 귀여운 강아지를 봐도 별 감흥이 생기지 않았지만, 이 녀석들은 나와는 정반대로 강아지를 보고는 굉장히 좋아했다. 무려 바다조차도 입가에 살며시 미소를 지을 정도였으니까 말이다.

뭐, 여기까지는 좋았다.

이 녀석들이 이렇게 강아지를 좋아하면서 서로 개에 대한 이야기를 하기도 하면서 조금씩 친해질 수도 있다면 말이다. 그렇게 믿고 싶었다. 나는 자리에 앉아 메뉴판을 펼쳤다. 그런데, 나도 모르게 헉하는 소리가 나왔다.

가격.

커피나 차 한 잔에 3000원, 4000원…… 비싼 건 5000원까지도 올라갔다.

커피가 뭐 이래 비싼 거야! 매일 친구들과 놀면서 가끔씩 커피를 마신다고 해도 고작해야 편의점이나 마트에서 500원짜리 캔 커피를 마시는 정도였던 나에게는 소비자 고발센터에 고발해도 될 만큼 말도 안 되는 가격이었다. 지금까지 제일 비싸게 주고 산 커피가 기껏해야 편의점에서 산 1500원짜리였기 때문이다.

그런데 커피 한 잔에 4000원? 뭐, 이런 데서 커피를 마시면 종이컵이나 캔이 아닌 전용 컵에 정성스레 나오겠지만, 그렇다고 해서 가격이 이 정도라니. 정말 말도 안 된다고.

머릿속으로 이런저런 불만을 투덜투덜 늘어놓고 있는 나였지만, 나가자고 말하기도 곤란한 상황이었다. 정말 녀석들이 좋아하는 모습을 보며 친해질 것이란 막연한 기대감이 생겼는데 가격이 비싸서 나가겠다고 말하면…… 참자.

"뭐야, 이 싸구려 메뉴는?"

별이가 강아지 한 마리를 안고 자리에 앉으며 말했다. 여기에 만족해야 할 것 같았다. 나가서 다시 카페를 가면 아마도 가격이 훨씬 비싼 커피를 마시게 될지도 모르니 말이다.

하아.

내가 체념의 한숨을 쉬자, 금발로 염색을 한 젊은 여자 종업원이 나에게 다가왔다.

"몇 분이세요?"

그 말에 나는 순간 흠칫 하면서 머뭇거렸다.

"아, 아아……, 그게요."

후우 깊은 한숨을 토해내고 말을 이었다.

"4, 4명…… 이요."

뭐랄까, 저 녀석들이랑은 이제 익숙해져서 이제는 거리감이 별로 없어졌지만, 역시 다른 여자와 눈을 마주치며 대화하기란 좀 거북했다. 종업원이라 할지라도 어쩔 수 없다. 17년 인생에서 여자와의 인연이 거의 없었으니 말이다.

곧이어 작은 강아지를 쓰다듬으며 하늘이가 앉았고 바다는 씁쓸한 미소였지만 조금보다는 확실히 편안해진 얼굴로 그 뒤를 따라왔다. 내 일행이 4

명이란 말에 더블데이트 같은 걸로 생각했었는지, 나에게 안내를 해주던 종업원이 나와 마주 앉은 세 명의 소녀들을 보고 영업용 미소가 살짝 흔들린 것이 보였지만, 무시하기로 했다.

그때, 내 옆에 앉아 있던 하늘이가 말했다.

"낙원이는 뭐 주문할 거야?"

"으, 응?"

잠시 딴 생각을 하던 내가 얼빠진 목소리로 대답을 하고 약 3초 만에 다시 상황 파악을 했다.

"나, 난 그냥 아이스커피로."

그러자 하늘이는 내게

"먹을 거는?"

하고 다시 한 번 질문을 했다.

"먹을 거는 됐어."

가격이 비싸니까라는 비루한 말이 마른침과 함께 목구멍까지 올라왔지만 꾹 삼켰다.

잠시 후, 하늘이가 강아지의 꼬리처럼 오른손을 흔들며 종업원을 불렀다.

"음……, 아이스커피 하나, 시나몬 롤 둘이랑…… 그리고……."

시나몬이라…… 들어본 적도 없는 이름이다.

잠시 후, 종업원이 주문 받은 메뉴를 다시 한 번 소리 내어 확인하고, 우리들을 흘끔 쳐다보고는 카운터로 돌아갔다.

"뭐야, 다들 이상한 눈으로 쳐다보고. 우리가 뭐 잘못했어?"

그렇게 투덜거린 것은 별이였다. 정말 왜 그런지 모르는 모양이다.

주문한 디저트가 도착할 때까지 나는 그냥 창밖을 내려다보았다. 이 건물은 3층이지만, 고소공포증을 가지고 있는 나라서 그런지 이런 높이도 살짝 아찔했다.

ㅇㅇㅇ

몸을 가볍게 떨며 내 정면을 보았다. 그런데 그곳에는 믿을 수 없는 광경이 펼쳐지고 있었다.

나의 정면에 앉은 바다가 테이블 아래로 들어온 강아지를 들어 올린 건지, 어느새 자신의 무릎 위에 햇빛을 받아 털이 금빛으로 빛나는 강아지 한 마리를 앉혀놓고 그 강아지의 머리에서 등까지 능숙하게 쓰다듬고 있는 것이었다.

여기까지는 별로 이상하지 않았다. 가게에 들어선 순간부터 바다가 강아지를 좋아한다는 사실 정도는 이미 예상하고 있었다. 그럼에도 내가 놀란 것은 바로 바다가 미소 띤 얼굴로 웃으면서 강아지에게 말을 하듯 조금씩 중얼거리고 있었던 것이다. 그냥 입가에 살짝 짓는 미소 정도가 아니었다. 정말로 행복한 사람처럼 실 같은 눈웃음에 하얀 이까지 드러내며 환하게 웃고 있었던 것이다.

솔직히 아무런 표정도 없는 한 마디로 표현하면 무(無)의 표정으로 강아지를 무릎에 앉히고 쓰다듬고 있었으면 그것도 하나의 장관이었겠지만, 바다가, 내가 알고 있던 바다가 저렇게 환하게 웃고 있는 모습을 보고 있자니 괜히 기분이 이상해지면서 나까지 강아지처럼 긴장이 풀리고 행복해지는 느낌이었다.

그러나 이런 느낌도 잠시, 행복한 얼굴로 개를 쓰다듬고 있던 바다와 나의 시선이 마주쳤다.

"아……."

나도 모르게 입 밖으로 작은 신음을 뱉어냈다.

나와 시선이 마주친 바다는 살짝 얼굴을 붉히더니 곧바로 표정에서 감정이라 형언할 수 있을 만한 것은 모조리 지워버리고 무릎 위에 앉혀놓았던 강아지도 테이블 밑으로 냅다 던져버렸다.

깨갱―

불쌍한 소리를 내며 떨어지는 강아지, 그 소리에 바다의 안면근육이 살짝 흔들렸지만, 곧바로 평소의 바다의 모습으로 돌아왔다. 그리고는 바다가 나를 올려다보았다. 아니, 정확히 말하면 째려보았다.

꼴깍. 내 목구멍으로 마른침이 넘어가는 소리가 내 온몸을 뒤흔들었다.

'목숨만을 살려주세요' 라는 말을 하고 싶은 심정이었다. 그러나 바다는,

"하아……."

깊게 한숨을 내쉴 뿐이었다.

"주문하신 차 나왔습니다."

젊은 종업원의 친절한 목소리가 나와 바다 사이의 어색함을 풀어주었다.

"낙원아 잘 먹었어."

애견카페를 나오며 하늘이가 연인이라도 되는 양 내 한 쪽 팔을 꽉 잡으며 그렇게 말했다.

"남자다웠어, 신입."

이어서 말한 것은 별이였다. 별이는 내 옆구리를 쿡쿡 찔렀다.

바다는 흘끔 나를 쳐다보더니 나와 눈이 마주치자, 곧바로 얼굴을 살짝 붉히며 고개를 휙 돌렸다. 아마도 애견카페에서 있었던 그 일 에 대해 아직도 신경을 쓰고 있는가 보다.

휴대폰을 꺼내 시간을 보았더니, 어느새 2시 47분이 되어 있었다. 애견카페에서 디저트를 다 먹은 뒤에 하늘이와 별이가 좀 더 있다가 가자고 조르는 바람에 시간이 이렇게 지나버린 것이었다.

"아아, 이제 어디 갈까?"

그렇게 말한 뒤, 주머니에서 갈 만한 곳을 적어놓은 종이를 꺼내어 보았다.

뭔가 많이 적어오긴 했지만, 급한 마음에 너무 무작정 적어서인지 딱히 마음에 드는 곳이 없다.

쯧.

작게 혀를 차고 종이를 다시 주머니에 쑤셔 박았다. 그러고 나서 고개를 드니 세 명의 소녀들이 가로로 나란히 걷고 있었다. 하지만 좀 달라진 점이 있다고 하면 애견카페에 갔다 온 뒤로 하늘이와 별이가 친해져서 서로 뭔가 이야기를 주고받고 있다는 점이다. 그 와중에도 바다는 감정이라고는 찾아 볼 수 없는 무표정한 얼굴을 한 채 그 옆을 홀로 쓸쓸히 걸어가고 있었다.

뭐랄까, 그런 바다의 모습이 안쓰러워보였다.

~ ~ ~ ~

우리의 다음 코스는 오락실로 결정이 났다. 참고로 말하자면, 이 오락실이라는 코스도 방금 전의 애견카페처럼 하늘이의 권유로 오게 된 것이다.

하늘이의 권유로 오게 된 이곳 오락실에 도착했을 때는 시끌벅적한 오락실의 소음들이 입구에서부터 내 고막을 뒤흔들어 괴로웠지만, 한 10초 정도만 지나니 금방 익숙해져 이제는 옆 사람의 목소리가 잘 안 들릴 뿐, 금방 적응이 되었다.

오락실은 데이트 코스로도 가끔 사용되긴 하지만, 몇몇 눈치 없는 남자들은 여자 친구는 옆에서 지루해 하고 있는데, 그런 줄도 모르고 혼자서만 물 만난 고기처럼 오락에 빠져 날뛸 때가 있다. 나는 연애는 해본 적이 없지만, TV로 배운 지식은 조금 있다. 또 연인끼리 오락실에 왔을 때 눈치 없는 남자들이 가장 많이 하는 짓이 바로 허세부리기이다. 특히 펀치 기계 같은 것이 대표적이다. 난 그러지 말아야지. 어차피 약골인 내가 그런 허세를 부릴 생각도 없으니 상관은 없지만 말이다.

사실 평소에도 게임을 좋아하는 편은 아니다. 실제로 내가 오락실에 올 때마다 하는 일이라곤 동전 노래방뿐이었다. 그러다 보니 여자애들은커녕, 남자애들이 오락실에서 어떤 게임을 주로 하는지도 잘 모른다. 그래서 그냥 여자애들이 하자고 하는 게임을 구경하거나 같이 하기로 마음을 먹고 들어 왔다.

그런데, 이 녀석들은 나에게 또 한 번 커다란 충격을 안겨 주었다.

"죽어라, 죽어!"

"야, 총알 낭비하지 마!"

발랄한 목소리로 전해져 오는 '죽어!' 라는 말과, 귀여운 목소리로 전해 져 오는 '총알 낭비하지 마!' 라는 말……

도대체 이 상황을…… 나는 어떻게 받아들이면 된단 말인가.

이 녀석들이 '방금 전의 그 일' 의 직후에 한 게임은 다름 아닌 사격 게임 이었다. 그러나 그냥 총 게임이 아니었다.

외계인 침략을 막는 게임.

별이와 하늘이가 하고 있는 이 게임의 스토리를 처음부터 보고 있으니, '아, 이 게임은 지구에 쳐들어 온 외계 생명체를 총으로 쏴 죽이는 게임이구 나.' 라는 것쯤은 금방 알아차릴 수 있었다.

뭐, 그래도 여기까지도 이해했다. 하지만, 내에게 경악을 안겨준 것은 그 다음이었다.

그녀들이 커다란 게임기 화면에 배치되어 있는 가벼운 소재로 만들어진 두 개의 기관총을 각각 들고, 화면에 깜짝 등장하는 외계인을 맞출 때마다 연노랑색의 장체를 알 수 없는 액체가 상처 부위에서 뿜어져 나오는 것이 었다.

"우욱."

도저히 저 게임을 보고 있을 수 가 없다는 생각에 나는 내 옆에 가만히 서서 그녀들이 하고 있는 게임을 묵묵히 지켜보고 있는 한 검은 머리의 소녀 바다에게로 시선을 돌렸다. 그러나 그녀는 내 시선을 분명히 의식했음에도 불구하고 나에게 눈길조차 주지 않았다. 1초는커녕, 0.1초도 주지 않았다.

접.

무안함에 입맛을 다시며, 살며시 바다의 어깨에 손을 올리려고 했다. 그랬더니,

"……손 대지 마."

짧은 말을 내뱉고는 자신의 어깨에 다가가던 나의 손을 툭 하고 쳐서 가로막아 버렸다.

"윽."

내가 짧은 신음을 토하며 포기하지 않고 다시 바다에게 고개를 돌린 뒤에 말했다.

"바다야, 아까부터 왜 그래?"

하지만, 바다는 역시나 잠깐의 눈길도 보내주지 않았다.

원래부터 이런 녀석이긴 했지만, 지금은 오히려 더 꼬인 듯하다. 카페에서 나온 이후부터 말이다. 나에게 보여주기 싫은 부끄러운 모습을 보여서일까, 아니면 하늘이와 별이만 친해지고 자신은 버림 받았다는 생각을 품고 있는 것일까 가늠이 되지 않았다.

나는 어금니를 꽉 깨물었다. 다시 바다를 부르려고 돌아섰다.

"바다……."

"야."

바다의 이름을 부르려던 내 목소리가 다른 누군가의 우렁찬 목소리에 의해서 차단되고 말았다.

"이게 누구야?"

"됐어, 그냥 가자."

내 말을 차단한 그 목소리는 처음 들어보는 여자아이들의 목소리였다.

바다는 그 여자아이들의 목소리를 듣고는 흠칫 어깨를 떨었고, 나는 그 목소리가 들린 쪽으로 고개를 돌렸다.

다섯 명. 어쩌면 다른 곳에서 게임을 하고 있는 다른 일행들이 더 있을 지도 모르지만, 일단 내 눈에 들어온 애들은 그랬다. 화장을 덕지덕지 하고 옷을 요란하게 꾸며 입은 우리 또래의 여자애들 3명과 그 뒤에 서서 실실 쪼개고 있는 180cm는 족히 넘어 보이고 머리카락도 잘 정리되어 있는 고등학생 정도로 보이는 남학생 2명, 이렇게 5명이었다.

이곳으로 이사를 온 지 일주일도 되지 않은 나는, 만약 저 녀석들이 우리 학교 학생인지 아닌지조차 나는 알 수가 없었지만, 한 가지만은 확실했다. 지금 이 분위기가 심상치 않다는 것은 말이다.

아마 바다에게 던지 건방진 말투로 짐작해 보면, 저 녀석들은 분명 바다를 따돌렸던 애들이거나, 혹은 지금도 따돌리고 있는 중일 지도 모른다.

앞에서 하이힐 구두를 신은 채 팔짱을 끼고 바다를 낮게 보듯이 시선을 아래로 깔고 있는 3명의 소녀들은 과거에 바다를 따돌리던 애들, 그리고 그 뒤에 있는 두 남자 애들은 이 여자애들이랑 같이 놀면서 동시에 주먹 담당을 하는 녀석들일 것이라고 나는 판단했다.

저들과 붙는다면?

참고로 말하자면, 난 싸움도 못하고 키도 174cm라 저 녀석들과 붙게 된다면 절대로 이길 수 없을 것이다.

난 잠시 시선을 옮겨 내 바로 옆에 서 있는 바다를 보았다.

그런데, 그녀가, 늘 감정이 없는 표정으로 다른 사람들을 깔보고 무시하던 바다가, 떨고 있었다. 어깨를 들썩이고 있었지만, 그 들썩임은 웃음의 여파로 들썩이는 것이 아니었다.

겁에 질린 표정으로…… 떨고 있는 것이었다.

그런 바다를 보고 있자니 온 몸에 열기가 솟고 심장이 강하게 요동쳤다. 왜 이러지? 왜 이렇게 화가 나지? 여기서 화를 낸다고 해서 저 녀석들에게 덤벼 본들 절대로 이길 수도 없을 텐데, 왜 이렇게 참을 수가 없는 거지?

내 머릿속에서는 이런 두려운 생각들을 하고 있었지만, 다행인지 내 몸은 내 생각을 실행하지 않았다.

머릿속에서는 '그만둬, 덤벼 봤자 이기지도 못한다고!' 하고 큰소리로 명령을 내리고 있었지만, 내 몸은 그런 명령을 거부하며 '지금 당장 저 새끼들을 죽여 버릴 거야.' 라고 말하듯이 힘없는 주먹을 부르르 떨며 핏줄을 세웠다.

"바다야, 강바다. 왜 말이 없니~? 평소처럼 '인간 주제에~' 거리는 그 중2병 말투를 써보지 그러니?"

꺄하하하하핫.

소녀들의 웃음소리가 다시 한 번 내 신경을 자극했다. 바다는 더욱 더 몸을 떨었다.

그럼에도 저들은 그만두지 않았다.

"'인간 주제에 내 몸에 손을 대다니!' 라니, 진짜 밥맛이야."

"그러니까, 그러니까."

"어우~, 중2병 새끼."

뚝.

갑자기 내 머릿속에서 무언가가 끊어지는 소리가 들렸다. 그 뒤로 내 앞에는 아무것도 보이지 않게 되었다.

그저, 출처를 알 수 없는 서로 다른 목소리들만이 내 귀로 들려올 뿐이었다.

"그만 둬, 이 새끼들아!"

내 성대가 떨린 걸 보면, 이 말은 내가 내뱉은 말이리라. 이런 생각을 하고 있자니, 또 다른 목소리가 내 청각을 자극했다.

"어머, 쟨 누구니? 강바다 남친?"

"우웩, 저 남자애가 100배는 아깝다."

"겉보기는 저래도 저 중2병 년 남친이니까, 쟤도 중2병일 걸?"

쿵!

다시 한 번 강하게 요동친 심장이 내 심신을 뒤흔들었다. 결국 참지 못한 내 몸이 이기지도 못할 상대에게 달려가기 위해 한 발을 내딛었다.

"바다…… 야?"

내 이성이 돌아왔다. 다시 회복된 내 시야에 참아 달라는 듯 내 손목을 두 손으로 꼭 쥐고 있는 한 소녀의 손이 느껴졌다. 그제서야 그녀의 얼굴을 본 나는 온몸에 힘이 다 빠지고 말았다.

바다의 두 눈에서 가느다란 물줄기가 흘러 내려오고 있었기 때문이다.

이 오락실에 오기 전, 작은 사고로 인해 바다는 내게 이슬 같은 눈물방울을 보였지만, 그때 보인 눈물과 지금 내게 보이는 눈물을 완전히 달랐다.

전에 보였던 눈물이 약간의 수치심과 부끄러움에서 발생한 눈물이었다면, 지금 이 눈물은 슬픔이 가득 담겨 있는, 수치심보다는 처절함이 절실히 느껴지는 그런 눈물이었다.

"바다야……."

내가 콱 메인 목으로 억지로 목소리를 짜내며 그녀의 턱 선을 양손으로 감싸고 엄지손가락으로 살며시 그녀의 눈에서 뻗어 나오는 물줄기를 닦아주려고 했지만, 그녀는 갑자기 얼굴을 도리도리 가로저어 자신의 얼굴을 감싸던 내 손을 떨쳐내 버리더니, 내 몸을 옆으로 밀쳐버리고는 오락실 밖으로 뛰쳐나가 버렸다.

"어머, 어떡해? 네 여친 도망 가버렸네?"

"잘 됐네, 이참에 우리랑 놀지 않을래?"

"그런 밥맛 중2병 년보다는 우리랑 노는 게 더 재밌어."

라는 말을 내뱉고는 꺄르르 자기네들끼리 웃어댔다.

상대가 여자든 남자든 상관없이 곧장 달려가서 주먹을 갈겨주고 싶었지만, 지금은 그럴 때가 아니었다.

바다.

바다를 찾으러 가야 했다. 아직 나간 뒤로 얼마 지나지 않았으니, 지금 달려가도 충분히 잡을 수 있을 것이다.

그렇게 생각하며 나는 바다가 달려 나간 출입구로 냅다 뛰어나갔다.

뒤에서 "으으, 닭살 돋아.", "역시 그 여자의 그 남친이네.", "우웩, 진짜 밥맛이다." 하는 짜증나는 목소리가 들려 왔지만 무시했다.

지금은 그런데 일일이 신경 쓸 때가 아니었다. 늦어버리면, 조금이라도 늦어버리면, 이 시내 한복판에서 바다를 찾지 못하고, 우리의 관계는 더 악화될 것이다. 그렇기에 나는 멈추지 않았다. 출입구를 통과하자마자 주위를 둘러보며 바다 특유의 어두운 패션을 찾아 달리기 시작한다.

나는 운동을 못한다. 물론 달리기도 마찬가지이었다. 그렇지만 지금은 아무리 숨이 차고 힘이 들어도 절대로 멈추면 안 될 것만 같은 느낌이 들었다. 아니, 멈추고 싶어도 내 이성이 허락하지 않았다.

잠깐이라도 쉬면, 그만큼 그녀는 멀어질 것이 분명했기 때문에.

그러던 그때 익숙한 모습이 멀리서 보였다. 왼쪽 가슴에 해골 마크가 새겨진 검은 티셔츠, 그녀의 다리 라인을 그대로 보여주는 스키니 진, 그리고 무엇보다 그녀에게 무척이나 잘 어울리는 길게 뻗은 검은 생머리를 말이다.

이 모든 것이 내 눈에 들어왔고, 나는 발에 불을 붙일 기세로 쉴 새 없이 바닥을 박차며 달려갔다.

그녀를 바다를 잡기 위해서.

~ ~ ~ ~

"잡았, 다……!"

"꺅!"

금성 거리의 한복판, 겨우 바다를 따라잡은 내가 바다의 어깨에 손을 얹자, 그녀는 짧은 비명을 지르며 어깨를 흠칫 떨었다. 두 눈을 질끈 감은 채 천천히 고개를 돌렸다.

잠시 후, 바다가 아무 일도 일어나지 않자 눈꺼풀을 바르르 떨며 한 쪽 눈만 조심스레 떴다. 내 얼굴이 그녀의 시선에 들어왔는지 그녀는 "휴우……." 하고 안도의 한숨을 내쉬었다.

그런 그녀의 모습에 나도 마음이 놓여 참고 있던 숨을 토해냈다.

"하아……, 하아……, 괜찮, 나?"

그러자 그녀는 '풉' 하고 웃더니 자신의 눈을 촉촉하게 적셔놓은 물방울을 손가락으로 슥슥 닦아버리고는 말했다.

"괜찮아."

"그래? 그럼 다행이고……."

"우쭐대지 마."

"네, 네~. 그보다 저를 칭하던 '인간' 이라는 명사는 어디 갔나요?"

"왜, 그렇게 불리고 싶나 봐?"

"아, 아니……. 딱히 좋은 건 아니지만, 좀 어색하네. 네가 그렇게 웃고 있으니."

"나도 웃을 줄은 안다고, 인간들 앞에서 웃는 모습을 보이지 않을 뿐이지."

"뭐야, 그럼 난 인간이 아닌 거야?"

"뭐, 그런 거지."

전 인간이 아닌 듯합니다. 하하하.

그렇게 바다와 시내 한 복판을 걷게 되었다. 긴장도 했었고 좀 뛰기도 했기에 기운이 빠져 멍하게 있는 나에게 바다가 갑자기 내 눈 앞에 손바닥을 휘이휘이 흔들었다.

"으, 응. 어?"

나는 얼빠진 목소리로 대답하였고, 그녀는 다시 '풋' 하고 작은 웃음을 내뱉었다.

"이제 진지한 이야기 좀 할 건데, 계속 여기 서서 이야기 할까?"

"아, 그래? 그럼 어디 조용한 곳으로 갈까?"

"변태."

"뭐야 갑자기! 조용한 곳으로 가는 게 뭐 어때서! 대화하러 가는 거잖아! talking!"

"발음이 저질이네."

"거참 죄송하게 됐네요!"

그렇게 약간 화가 난 듯한 목소리로 대답한 나는 살짝 입가에 미소를 지었다. 믿기지 않았기 때문이다. 그녀와 그렇게 마음의 문을 열지 않던 바다와 이렇게 오랫동안 웃으면서 이야기를 하고 있는 지금 이 순간이.

어험!

헛기침을 한 번 하고, 나는 한껏 더 큰 미소를 지으며 말했다.

"그럼, 저기 장사 안 되는 카페에 커피 좀 팔아주러 갈까?"

"후후. 그럴까?"

한마디씩 주고받은 뒤, 가까이 보이는 손님이 별로 없는 듯한 카페로 천천히 걸어갔다.

우리가 들어온 카페는 손님은 없었지만, 의외로 시설은 좋았다. 2층까지

홀이 있었고, 1층에는 커플들이 오붓하게 차를 마실 수 있도록 하기 위한 커플방도 있었다. 나는 바다가 '진지한 이야기'를 한다고 한다기에 그 방으로 들어가 주문을 마쳤다.

잠시 후, 주문했던 아이스커피와 홍차가 도착했다.

직원이 "좋은 시간 되십시오." 하고 문을 닫고 나간 것을 신호로 우리는 본격적으로 이야기를 시작했다.

홀짝.

얼음이 띄워진 커피가 담겨져 있는 유리잔에 빨대를 꽂아서 한 모금 마셨다.

"그래서?"

내가 짧게 말했다. 그 말에 바다는 고개를 갸우뚱했다. 나는 말을 이었다.

"그 진지한 이야기란 게 뭐야?"

"……흐."

바다가 가볍게 웃음을 흘리더니 조금 울적한 표정으로 홍차가 담겨 있는 찻잔을 내려다보았다. 그러던 그녀가 갑자기 쓸쓸한, 그렇지만 애써 태연해 보이려고 하는 듯한 미소를 지으면서 고개를 들더니, 드디어 이야기를 시작했다.

"……아까 그 오락실에서 그 녀석들을 보고 너도 대충 예상했겠지만, 나…… 중학교 3년 동안 쭉 왕따였어. 아니, 어쩌면 그 전부터였을 지도……."

"……."

그녀가 잠시 말을 끊자 한 순간의 고요한 정적이 흘렀다. 그러나 정말로 한 순간의 정적으로 그쳤다.

"아무튼, 내가 계속 '인간, 인간' 거리면서 다른 애들을 무시해서, 나 꽤 오랫동안 왕따였어. 그래서……, 이번 고등학교도 똑같을 거라고 생각했어."

"그런데……."

그녀가 또 다시 말을 이었다. 그러더니 그녀는 조금은 행복해 보이는 미소를 지으며 다시 말을 이었다.

"민정이라고 하는, '인간'이 아닌…… 아주 좋은 아이가 나에게 말을 걸어왔어. 밴드부, 해보지 않을래?"

"……라고."

"……."

그런 건가, 역시 이 녀석들끼리 밴드부를 결성한 게 아니었던 건가.

"나, 예전부터 밴드에 관심 있었거든. 실제로 3년 간 베이스도 배웠고, 그래서 일단은 그 권유를 받아 들였어. 뭐랄까, 그 아이는 왠지 믿어도 될 것 같은 그런 기분이 들었거든."

후후후.

바다가 가볍게 웃음을 지었다.

"아마, 민정이는 다른 애들한테도 밴드부 권유를 했지만, 다들 고등학교에 왔으니 공부를 한다는 둥, 악기를 못 다룬다는 둥, 아무튼 이런저런 이유로 모두 거절을 했다고 했어. 그러다가 마지막에 찾은 게 바로 우리들이야."

우리들…… 그건 바로 하늘이와 바다, 그리고 별이를 뜻하는 말일 것이다.

"민정이의 통솔력은 대단했어. 모두 각자 행동을 하고 싶어 하는 이런 엉터리 멤버들을 때로는 잘 달래고, 때로는 엄격히 지적하며 우리들을 이끌어 갔어. 그런데, 올해 4월 중순에……, 밴드부를 결성한지 한 달도 되지 않았는데 그 아이는…… 민정이는 갑작스럽게 전학을 가게 되었어."

"아……."

이번에는 나도 모르게 작은 신음을 흘려버렸다.

그야, 그 민정이라는 애가 있을 때까지만 해도 이 녀석들의 사이가 이렇게 나쁘지는 않았을 것이다. 즉, 그 민정이라는 애가 전학을 간 이후로 이 녀석들은 그렇게 흐트러진 것이다.

더 이상…… 자신들을 잡아줄, 자신들을 이끌어줄 사람이 없어져서 그렇게까지 흐트러져 버린 것이 분명하다. 분명 처음부터 이 녀석들은 제멋대로였을 것이다. 그러나 민정이라는 애는 그런 애들을 바로 잡아 주고, 의욕을 북돋아 주었을 것이다. 그런 사람이 갑자기 사라져 버렸으니, 이 녀석들은 분명 방황했을 것이다.

민정이란 아이가 떠난 4월의 어느 날부터 10월이라는 긴 시간 동안.

"에휴."

그런 생각을 하고 있자니 나도 모르게 짜증이 입 밖으로 세어 나와 버렸다.

"그렇게 해서 지금의 밴드부가 된 거야. 끝."

바다는 손목으로 대충 눈물을 훔치고는 애써 미소를 지으며 거의 다 식은 홍차를 한 모금 들이켰다.

그런 바다를 바라보고 있는데, 뭔가 찝찝한 기분이 내 가슴을 파고들었다.

뭐지, 이 기분은? 난 분명 바다에게 모든 이야기를 다 들었다. 그런데, 왜 이렇게 뭔가 빠졌다는 기분이 드는 걸까?

"음……."

턱을 쓰다듬으며 잠시 고민을 해보니, 그 해답은 금방 찾아 낼 수 있었다.

나는 이 소녀 바다에게 아직 한 가지 들을 이야기가 더 있었다. 그 이야기는 바로 .

"바다야."

"응?"

바다가 마시고 있던 찻잔을 받침에 내려놓고는 고개를 갸웃거렸다.

"한 가지……, 미안하지만 더 물어 볼 게 있는데……, 괜찮다면……."

"뭔데?"

"그게, 말이지……."

후우, 하아.

크게 심호흡을 하고 난 뒤, 나는 다시 입을 열었다.

"넌, 어쩌다가 '인간'을 싫어하게 된 거야?"

놀란 바다의 두 눈이, 휘둥그레졌다.

제4장

그녀들의 과거

"넌, 어쩌다가 인간을 싫어하게 된 거야?"

그 말을 들은 바다가 찻잔을 잡고 있는 손을 바르르 떨기 시작했다. 찻잔과 받침이 서로 맞부딪히면서 달그락거리는 소리가 들렸다.

그녀가 이런 반응을 보이는 데는 분명 이유가 있을 것이다.

"응?"

나는 재차 물었다.

"하아……."

그녀는 땅이 꺼져라 짙은 한숨을 토했다.

"그래, 너한테는 특별히 말해 줄게. 넌 믿을 수 있을 것 같으니까."

조그마한 미소가 그녀의 입가에 자리 잡았다.

"내가 이렇게 인간 혐오를 하게 된 건, 정확히 10년 전…… 이네?"

"……."

"벌써 이렇게 오래됐구나……."

바다가 작게 중얼거리며 곧바로 말을 이었다.

"어쨌든, 내가 인간을 싫어하게 된 건 인간의 '욕망' 때문이야."

"욕망?"

나도 모르게 그 말을 따라했다.

"응, 욕망. 우리 가족은 그 일이 있기 전까지만 해도 다른 가족이랑 다를 거 없이 아주 평범하게 살았었어. 돈은 그리 잘 버는 건 아니었지만, 부모님들도 항상 행복해 보이셨어. 그렇게 행복하게 살았는데……, 10년 전, 복권 1등에 당첨이 된 거야."

"……오!"

내가 작게 감탄하자, 바다는 어째서인지 나를 째려보았다. 다시 눈을 찻잔으로 내리고는 말을 계속했다.

"그 복권만 아니었으면, 내가……, 우리 가족이 이렇게까지 되지는 않았을 거야."

쿵!

바다의 두 손이 테이블을 내려쳤다. 테이블 위에 있던 찻잔과 유리컵도 놀라 달그락 하는 소리를 냈다.

그때.

바다가 마시던 홍차에 물결이 일었다. 그 물결의 근원을 쫓아 시선을 옮겼고, 나는 곧바로 그것을 후회했다. 그 근원지는 바다의 눈, 바다의 눈에서 떨어지는 투명한 물방울이었다. 나는 숨을 죽였다.

"……."

나는 바다의 그런 모습을 보고 바다에게 무엇이든 말을 해주고 싶었지만, 목 한 가운데가 꽉 막혀 목소리가 나오지 않았다.

"……하흐."

고개를 푹 숙이고 있는 내 머리 위에서 들려오는 신음소리와도 가까운 웃음소리에 조심스레 고개를 들어보니, 그녀는 눈물로 범벅이 되어 축축해진 얼굴에 억지로 한 가득 미소를 짓고 있었다.

그녀의 모습을 보는 것만으로도 그녀의 아픔이 느껴져 눈물이 터지려고 하는데, 정작 그녀 본인은 기를 써서 울음을 참으며 미소를 짓고 있는 것이었다.

"그래서 말이야. 그 소식을 들은 친척들은…… 모두 축하한다면서 그 일부를 달라고 했어……. 그런 전화를 수십 통이나 받으신 아버지는 결국 주변 사람들에게 아무 말도 없이 이사를 갔어. 그런데……."

그녀가 분하다는 듯 입술을 깨물었다. 오른손으로 주먹을 꽉 쥐고, 그 손을 부들부들 떨었다.

"진짜 비극은 여기서부터 시작이었어. 이사를 가고 며칠 뒤, 어머니는 평소처럼 돈은 자기가 관리 한다면서 당첨금은 내놓으라고 하셨고, 아버지는 그런 어머니를 믿지 못해 결국 부부싸움으로 커졌는데……, 마지막에 이 싸움이 어떻게 끝났는지 알아?"

"……."

"……결국, 아버지가 분노를 추스르지 못하고 어머니를…… 어, 어머니를……!"

"……."

갑자기 바다가 울음을 터트리는 바람에 그 뒷이야기를 다 듣지도 못했다.

하지만 어째서일까, 그럼에도 내 두 눈이 본능적으로 휘둥그레졌다. 동공이 흔들렸다. 예상이 갔다. 다음에 나올 말이.

"아버지가……, 어, 어머니를……!"

바다가 비명과도 같은 울음소리를 냈다.

"그만!"

나도 모르게 소리쳤다. 맞은편에 앉아 있는 그녀 옆으로 가 그녀를 달래듯 살포시 감싸 안았다.

"……괘, 괜찮아…… 그만해도 돼. 대충, 이해…… 했으니, 까……."

톡톡. 그녀의 등을 토닥여주고 있자니, 그녀가 나를 살며시 떨쳐내고는 고개를 가로저었다.

"아, 아니야……. 말 할 수…… 있어."

손바닥으로 눈가를 대충 닦아 버린 뒤, 힘겹게 침을 삼키는 바다. 간신히 삼킨 침으로 말라 버린 목을 적신 뒤, 그녀는 말을 이었다.

"그 뒤로……, 아버지는 도박에 빠졌어……. 그렇게 도박에 빠진 뒤로 얼마나 지났을까? 갑자기 우리 집에 검은 양복을 입은 남자들이 찾아와서는 아버지를 찾으며 집을 마구 뒤엎고 다녔어."

"……."

"결국 옷장에 숨어 있던 우리 아버지는 그 남자들한테 잡혀서 어딘가로 끌려갔는데…… 그 뒤로 난 우리 아버지를 본 적이 없어……."

"……."

지금이 17세 고1이니 10년 전이면 겨우 7살. 초등학교도 들어가기 전이 아닌가. 그런 어린 나이에 그런 이 세상의 잔혹함을 보았다니…….

17년 간 살아온 나도 세상의 잔혹함을 알고만 있을 뿐, 결코 그런 장면을 직접 본 적은 없다. 그런데 그녀는…….

진심으로 그녀를 위로해 주고 싶었기에 그녀를 품에 감쌌다.

"잘했어."

"……."

"정말로 잘했어……. 그런 아픈 과거를 이야기 할 수 있다는 것만으로도 넌 정말 대단한 거야……."

"……흐으."

그녀를 안고 있는 나의 두 팔에 미세한 떨림이 느껴졌다. 나의 옷을 넘어, 그녀의 눈에서 떨어진 따스함이 내 가슴에 전해진다.

~ ~ ~ ~

그 뒤로 얼마나 시간이 지났을까. 나는 바다를 감싸 안고, 그녀는 내 품에서 울기를 계속하던 때, 우리를 떨어트려 놓은 것은 하늘이에게서 걸려온 전화였다.

나는 조심스레 그녀를 내 품에서 떼어낸 뒤 휴대폰을 집어 들었다.

"어, 하늘이야?"

〈너희들 어디야! 뭐하고 있는 거야!〉

단단히 화가 난 모양이다. 당연한 반응일지도 모른다. 너무 급한 나머지 그녀들에게는 아무런 말도 하지 않고 오락실에서 뛰쳐나왔으니 말이다.

"그, 금방 돌아갈게."

〈빨리 와. 오락실에서 기다리고 있을 테니까.〉

"어, 어! 금방 갈게!"

뚝.

전화가 끊기고, 나는 깊은 한숨을 내쉬며 바다에게 시선을 주었다. 바다는 어느새 눈물을 말끔히 닦은 뒤였다. 고개를 갸우뚱한다.

"이제야 우리가 없어진 걸 알아챈 모양이야."

"하하하."

그녀가 웃었다. 그녀가, 바다가 웃었다!

곧이어 웃음을 그친 그녀는,

"응."

하고 짧게 말하며 해맑은 미소를 선보였다. 문 앞에 서 손잡이에 손을 걸친 채 바다가 말했다.

"그 이야기, 너 말고 다른 애들한테 한 적 없어. 민정이도 모르는 거야."

"하하, 그러냐."

"그래. 아, 그리고 넌……."

손을 걸고만 있던 손잡이를 돌려 문을 활짝 연다.

"오늘부로 인간에서 한 단계 승급했어. 축하해, 나 권."

나를 돌아보고 그렇게 말한 바다. 그녀의 미소가 반짝였다.

다시 돌아온 오락실.

시간도 꽤 지났으니 '그 녀석들'은 이제 없을 거라고 생각했는지 바다가 거침없이 오락실에 들어가려 했지만, 내가 그녀의 손목을 잡아 저지했다.

그러자 바다는 내게 시선을 주며 고개를 기울였다. 나는 미소 띤 얼굴로 말했다.

"고마워. 나를 믿어줘서."

"……후후. 겨우 그런 소리하려고 잡은 거야?"

"아, 그건 아니야. 그러니까……."

으으.

곤란한 표정으로 뒤통수를 긁적였다. 얼굴에 약간 열이 올랐다.

"그, 그러니까…… 앞으로는 적어도 나, 아니 우리만큼은…… 계속 믿어 줬으면 해."

"뭐, 너는 이제 익숙해졌지만, 다른 애들은…… 노력해 볼게."

"하하하. 고마워."

"후후후."

내가 웃었다. 그녀도 웃었다.

미소를 찾은, 나와 바다는 다시 오락실로 들어갔다.

~ ~ ~ ~

"빠이빠이."

"내일 봐."

나와 하늘이의 배웅에 갈색 웨이브머리의 소녀, 별이는 밝은 태양광을 반사하는 순백색의 외제차에 오르며 우리에게 손을 흔들었다. 여전히 건방진 미소였지만 신경 쓰지 말자. 슬프게도 익숙해지기도 했고……. 왜 이런 것에만 익숙해진 걸까.

어쨌든 그렇게 된 관계로 다 같이 시내에 온 것과 달리, 갈 때는 각자 돌아가게 된 것이다.

바다는 별이네 차와 거의 비슷하게 도착한 버스를 타고 먼저 집으로 가버렸고, 결과적으로 '알고 보니 집이 가까운' 하늘이와 나만이 남게 되었다.

차라리 다 같이 돌아다니며 웃고 떠들 때는 몰랐는데, 의식해버리니 괜히 또 쑥스러워진다. 나도 모르게 붉힌 얼굴을 하늘이의 반대쪽으로 돌리며 애써 어색함을 숨기려고 했다. 속으로 '진정해, 나 권' 이라고 되뇌었다.

그렇게 애써 무시하고 있으려니, 누군가가 나의 셔츠 옷자락을 꾹꾹 잡아당겼다. 모르는 사람이 내 옷을 잡아당길 리는 없을 테고, 아마 범인은 하늘이일 것이다.

역시나 하늘이었다. 그런데 어째서인지 고개를 푹 떨어트린 채 소심하게 내 옷자락 끝을 쥐고 있다.

"왜?"

내가 물었지만 정작 하늘이는 묵묵부답이었다.

뭔가 이상하다는 생각에 고개를 갸웃거렸다. 하늘이의 어깨에 얹기 위해 한 손을 들어올린다.

하지만 나의 손이 하늘이의 어깨에 닿기 전에 하늘이가 입술을 움직여 나도 모르게 손을 멈추고 말았다.

다행이면서도 아쉬운 기분이 들었지만, 지금 그런 기분은 제쳐놓고, 작은 목소리로 뭔가를 말하는 하늘이의 말에 귀를 기울였다.

"……낙원아……."

"……왜?"

하늘이의 조심스런 목소리에 나도 모르게 긴장해버렸다.

"낙원아……, 잠시, 시간 좀 낼 수 있어……?"

"으, 응……?"

갑자기 왜 이러지? 갑자기, 이렇게 침착한 목소리로 말을 해오니까 괜히 더 의식하게 되잖아.

이유는 모르겠지만 일단 시간은 많이 남아 있다. 나는 말없이 고개를 끄덕였다.

~ ~ ~ ~

하늘이를 따라 내가 찾아 온 곳은 버스정류장에서는 꽤나 떨어져 있지만, 우리가 좀 전까지 있었던 오락실과는 상당히 거리가 가까운 곳에 위치한 한 카페였다.

이곳이 목적지라는 걸 깨달은 것은 가게에 발을 들인 바로 직후였다. 사실을 깨달은 나는 몸을 경직시켰다. 그도 그럴 것이, 이 카페의 내부는 상당히 익숙했다.

시내의 거리의 북적이는 사람에 반해 상당히 한적한 가게 안. 그리고 커플끼리 오붓한 시간을 보내라고 만들어 놓은 여러 개의 방.

손님 수에 반비례한 시설을 가진 이곳은 분명 . 그렇다. 좀 전에 나와 바다가 왔었던, 바로 그 카페였다.

혹시나 하는 마음에 카운터로 시선을 옮겼다. 그런데 이게 웬일인가. 나와 바다 단 둘이서 이곳을 찾았을 때 우리를 반겼던 그 종업원들 중, 단 한 명도 교대되어 있지 않았다. 그럴 만도 한 것이 시간이 그리 오래 되지도 않았기 때문이다.

어떻게 보면 당연한 현상이지만, 솔직히 이렇게 되면 곤란하다. 지금 하늘이의 상태를 보면 분명 진지한 얘기를 할 것 같고, 그럴려면 바다와 그랬던 것처럼 방으로 들어가는 것이 좋을 듯했다. 그러나 그 종업원은 날 '한 시간도 안되서 다른 여자 친구랑 만나는, 바람 피우는 놈'으로 보게 될 것이다.

'설마 내 얼굴을 기억하겠어?'

라는 생각으로 위안을 해보았다. 종업원이 내 얼굴을 잊었을 거라는 약간의 희망을 품고, 하늘이와 함께 나란히 카운터로 걸어가 그곳에 있는 종업원에게 다가갔다. 그리고는 당당히 말했다.

"빈 방 있나요?"

"네…… 있습니다……."

종업원의 생기를 잃은 표정과 건성인 말투. 저건 분명 나를 인간쓰레기로 보는 것이라는 생각이 들었다.

"에헴!"

어색한 티가 팍팍 나는 헛기침을 내뱉으며 얼굴에 철판을 깔았다. 애써 그러기로 했다.

"네, 그럼 방으로 안내 좀 부탁드립니다."

나를 쓰레기로 보는 듯한 종업원의 뒤를 따라, 방으로 향한다.

카페의 구석자리에 위치한 자그마한 방에 테이블 하나만을 두고 서로 마주보고 앉게 된 나와 하늘이의 사이에 고요한 정적이 흘렀다.

지금과 같은 상황이 연출되게 된 건 할 말이 있다는 하늘이 때문인데, 하늘이 정작 본인은 말없이 고개만 숙이고 있다.

얼마나 이러고 있었을까, 주문한 음료가 나왔다며 종업원이 문을 열고 들어왔다. 여전히 종업원의 눈빛은 싸늘하다. 애써 무시하며 아이스커피를 한 모금 마신다.

잔을 내려놓은 뒤, 슬쩍 눈치를 보며 입을 열었다.

"그래서 뭐야……, 하고 싶은 이야기라는 게……?"

"……음?"

하늘이가 천천히 고개를 들었다. 무언가 말을 하고 싶지만 그러지 못해 망설이고 있다는 것이 눈동자에 비쳤다.

눈동자를 이리저리 굴리고, 카페라테가 담긴 찻잔을 들었다 놨다 한다. 딱 봐도 안절부절 못하고 있는 것이란 걸 알 수 있었다.

그러다가 무언가 결심이 섰는지, 하늘이는 들었다 놨다를 반복하던 찻잔을 딱 내려놓았다. 아까보단 확실히 또렷해진 그녀의 눈빛이 내 시선과 마주쳤다.

"오늘 오락실에서 말이야……. 나 사실, 보고 있지는 않았지만, 듣고 있었어. 바다가 이상한 여자애들에게 안 좋은 소리를 듣고 있던 걸. 게임에 빠진 척하면서 바다의 편을 들어주지는 못했지만……."

그렇게 말한 하늘이가 자신이 했던 행동이 마음에 들지 않았다는 듯 아랫입술을 삐죽 내밀었다. 그리고 면목이 없다며 고개를 떨어트렸다. 하지만 무슨 생각을 한 건지 곧바로 고개를 들었다.

"아무튼, 그걸 듣자마자 알아챘어. 바다는 예전에 또래 아이들에게 따돌림을 당했다는 걸. 그리고 생각하기 싫은 내 과거도 떠올랐어. 나도 예전엔 따돌림을 당했었어."

"무—"

뭐? 하고 반사적으로 되물으려 했으나 갑작스런 발언에 나도 모르게 말문이 막혀버렸다. 거기다 하늘이가 계속 말을 이어나갔기 때문에 내게 더 이상의 발언권은 오지 않았다. 그저 하늘이의 말에만 귀를 기울일 뿐이었다.

"낙원아, 혹시 궁금하지 않아? 내가 왜 이렇게 잠이 많은지……."

"어?"

그 말 한 마디에 난 그저 두 눈동자만 깜빡였다. 하늘이가 잠이 많다고 생각은 했지만, 그 습성에 얽힌 일화가 있을 거라고는 상상도 하지 못했기 때문이다.

후우

심호흡을 크게 내뱉는 하늘이. 그녀가 담담한 목소리로 말을 이었다.

"뭐랄까, 이유는 모르겠지만, 초등학교 1학년부터 중학교 3년까지 9년간 왕따를 당했었어."

"……."

할 말이 없었다. 정확히 해줄 말이 없었다.

9년이라니, 그건 지금껏 우리가 살아온 인생의 절반 이상이 아닌가. 그런데 그 오랜 시간 동안 그런 생활을 버텨왔다니. 거기다 초등학교에서 중학교까지 이어진 걸로 보면 초등학교 때의 그 친구들이 중학교까지 이어서 왕따를 시켰다는 건데, 어째서 그 동안 다른 조치를 취하지 않은 걸까. 전학을 갔을까? 만약 전학을 갔는데도 계속 이어진 거면……, 최악이겠지.

짧은 순간이지만 여러 가지 생각이 떠올랐다. 하지만 아무리 생각해봐도 이해가 되지 않았다.

이런 나의 의문을 해결해 주기라도 해겠다는 듯, 그녀는 다시 입을 열었다.

"처음에는 딱히 크게 왕따를 하지 않고, 일부러 나더러 들으란 듯이 나를 욕을 하거나, 완전히 나를 무시하는 정도였어. 그래서 말이지, 나는 그 대처법으로, 그냥 잤어."

"뭐?"

반사적으로 되물었다.

"그러니까, 그런 거지. 너희들은 떠들어라. 나는 잠이나 잘 테니."

헤헤헤……. 그녀가 멋쩍게 웃어 보였다.

"처음에 3, 4년간은 이 방법이 먹혔는데 말이야. 초등학교 4, 5학년 쯤 되니까, 애들이 이제는 직접적으로 신체적인 폭력을 일삼기 시작했어. 무시하고 자버리면 거기에 시비를 걸어서 이런저런 폭력을 휘둘렀던 거지. 처음에는 짜증나서 화내며 덤볐거든? 하지만, 무리였어. 혼자서 10명도 넘는 애들이랑 싸우는 건……."

"……다른 애들은, 선생님들한테 말하거나 하지 않았어? 전부다 너한테 그러지는 않았을 거 아니야."

"에, 그게…… 소문으로는 뒤에 무서운 언니오빠들이 있다는 소문이 자자했거든. 쉽게 말해서 백(back)이 많았던 거지. 그래서 아이들도 혹시나 보복이라도 당하지 않을까, 아니면 자신도 왕따가 되지 않을까, 겁이 나서 내 편도 못 들어 준 거고 선생님께도 말하지 않았던 거야. 그리고 내가 매일 맞기만 하니까, 몇몇 애들은 그게 재밌어 보였는지, 동참하는 애들도 있었고. 그래서 결국 또 잠만 잤어. 아무리 때려도, 아무리 짜증나는 짓을 해도, 그냥 무시하고 잤어. 그건 내가 할 수 있는 최상의 방어였으니까."

"……."

입술을 깨물었다. 너무 세게 물어서 피가 살짝 배어 나오고 나서야 입술에서 이빨을 땐다. 핏방울이 맺힌 부분의 입술을 입 안으로 넣어 피가 흐르는 것을 감춘다.

고개를 숙이고 있어 이런 나의 모습이 보일 리가 없는 하늘이는 계속 바닥만 쳐다본다. 눈을 꼭 감아 눈가에 맺힌 이슬이 볼을 타고 떨어지고 있다.

하지만 금방 고개를 세게 가로 젓고는 고개를 들었다. 그리고 다시 하늘이다운, 무척이나 아름답고 빛나는 미소를 한껏 자아냈다.

"뭐, 그러다보니 이렇게 잠자는 게 습관처럼 된 거야. 뭐……, 대충 그런 이야기?"

"……."

하늘이의 모든 말을 들은 내가 할 수 있는 일이라고는 침묵뿐이었다. 그런 내가 안쓰러웠는지 하늘이는 내 곁으로 다가와 내 머리를 쓰다듬었다.

"괜찮아, 괜찮아~. 이제는 아무렇지 않은 걸. 고등학교도 그 애들이랑 같은 학교 될 뻔했는데, 중3 겨울 방학 중에 그 애들이 밖에서 사고 크게 쳤다가 지금은 소년원인가 뭐, 아무튼 거기에 갔다고 하더라고. 그리고 이제는 나도 친구가 많이 생겼는 걸. 바로 오늘만 해도 낙원이 덕분에 또 새로운 친구들을 사귀었잖아, 응?"

"……응."

위로해 주고 위로 당해야 할 상대가 뒤바뀌었다. 정말, 이 녀석은 얼마나 강한 정신을 가진 거야.

이런 이야기 자신에게는 악몽 같은, 잊고 싶을 이야기를 해주고도 이렇게 씩씩할 수 있다니. 정말 내가 이렇게 이야기를 들어줄 필요까지 있었던 건가.

"미안해, 낙원아. 낙원이가 이렇게 걱정할 줄 알았으면 말하지 말 걸 그랬어."

"아니야, 미안. 본인도 이렇게 쌩쌩한데 괜히 나만 우울해졌네. 우리 아버지가 봤으면 또, '사내자식이 그걸로 마음 약해지면 어떡해! 진정한 사나이라면 태어나서 딱 3번만 마음이 약해져야 되는 거야!' 라고 말했겠네."

"하하하, 아버지가 재밌는 분이시네."

하하하하! 하늘이와 내가 우리 둘 뿐인 한 카페의 자그마한 방에서 큰소리로 웃음을 터트렸다.

한바탕 웃음을 터트리기를 몇 분간, 겨우 웃음을 멈춘 나는 너무 웃어 눈가에 맺힌 물방울을 닦아내며 말했다.

"그런데, 왜 그런 이야기를 나한테 해준 거야?"

고개를 갸웃거리자, 하늘이는 온화하고도 아름다운 미소를 입가에 한가득 띠우며 작은 목소리로 말했다.

"뭐랄까, 오늘 바다가 그 이상한 애들한테 안 좋은 소리를 듣고 나서 도망쳤잖아? 그리고 낙원이 너도 뒤쫓아 갔고."

"응, 그랬었지……."

"그런데 신기하게도 낙원이 너랑 바다가 다시 오락실에 돌아온 뒤부턴 왠지, 바다가 평소와는 좀 달라 보였어. 조금 전까지만 해도 예전에 자신을 따돌리던 아이들을 만나 괴로워하던 바다가 무거운 짐이라도 내려놓은 것처럼 홀가분해 보였어……."

하늘이가 잠시 말을 끊더니 다시 말을 이어나갔다.

"그 뒤로 쭉 생각했어. 애들이 하나씩 집에 돌아가는 동안에도, 계속해서 생각했어. 나도 낙원이한테 얘기라도 하면 조금은 편해질 수 있을까 하고."

"음?"

"하하하……. 뭐, 나도 처음엔 멍청한 생각이라고 생각했었는데……, 이렇게 직접 말하고 나니……."

"결과는?"

내가 약간의 미소를 지으며 하늘이에게 물었다.

그에 대한 대답은, 하늘이의 입가의 미소가 더욱 번지는 것과 함께 돌아왔다.

"뭔가, 속이 시원해졌어!"

~ ~ ~ ~

다음날 점심시간.

평소처럼 점심도 먹지 않고 밴드부 부실로 달려간 나를 반겨준 건 세 명의 소녀들과 담당 선생님이셨다.

평소에는 점심을 먹고 오느라 나보다는 조금 늦게 부실에 도착하는 그녀들이었으나, 오늘 그렇지 않은 데에는 다 이유가 있었다. 이제 어제의 데이트로 팀워크도 어느 정도는 형성되었을 것 같으니, 오늘 점심시간은 점심 안 먹고 바로 부실로 올라와서 다 같이 학교 축제에 대한 회의를 하자고 어젯밤 내가 모두에게 메시지를 보냈기 때문이다.

그런 관계로 드디어 제대로 된 학교 축제 계획을 위한 회의를 열려고 했다. 그런데,

"어이, 니들 뭐하나?"

어이가 없다는 표정으로 부실에 있는 세 명의 소녀들에게 말했다. 표정만 이렇게 지은 것이 아니라, 정말로 어이가 없었다.

그도 그럴 것이, 활발하고 웃음기 가득한 갈색 단발머리의 소녀 하늘이는 언제나처럼 가죽 소파에 누워 핑크색 이불을 덮고 자고 있고, 어제까지만 해도 인간을 거부하는 검은 오라를 잔뜩 뿜어내면서 상대방에게 엄청 차가운 태도를 보였었지만, 어제 일을 계기로 적어도 우리들에게는 마음의 문을 살짝 연 검은 생머리의 소녀 바다는 여전히 어려워 보이는 책을 읽고 있었으며, 갈색 웨이브머리의 소녀 별이는 부실 구석에 있는 냉동실에서 외국에서 사온 아이스크림을 스푼으로 떠먹고 있다. 선생님은 멀뚱멀뚱 그 광경을 지켜보고 계셨다.

서로 친해졌으니, 이제부턴 밴드 연습도 할 수 있겠지라고 생각했던 내 기대감이 산산조각이 나버린 순간이었다.

하아

한숨을 내쉬자, 나의 맞은편에 앉아서 쩝쩝거리며 아이스크림을 떠먹던 별이가 내쪽으로 시선을 보낸다. 입에 스푼을 문 채 고개를 기울이며

말한다.

"왜, 뭐 문제 있어?"

"있어! 아주 많아! 어제의 일로 조금은 친해졌다고 생각했는데 이렇게 개인행동을 하면 어쩌자는 거야! 학교 축제까지 한 달도 남지 않았다고! 이래서야, 지난주에 내가 본 모습이랑 다를 게 없잖아!"

내가 큰소리를 치며 말하자, 별이는 골치 아프다는 듯이 손바닥으로 이마를 짓눌렀다.

"그래, 일단은 우리 잘못이기는 한데, 네 잘못이기도 해."

"내 잘못이라고?"

"응. 네 잘못."

"뭔데? 내가 뭘 잘못했어? 들어나 보자."

"악보를 줘야지 연습을 하든지 말든지 할 거 아니야."

"……아."

제일 중요한 걸 잊고 있었다. 난 왜 이리 어리숙한 거야? 속으로 절규를 토하며 두 손으로 머리를 부둥켜안았다. 고개를 좌우로 흔든다.

"그래, 그래. 미안하다. 내 잘못이다. 최대한 빠른 시일 내에 이번에 연습해야 할 곡을 주마."

왠지 모르게 부끄럽다. 그리고 이제 시간도 얼마 안 남았으니, 오늘 밤부터 바로 작곡에 돌입해야겠다. 안 그러면 축제가 시작하기 전에 연습은커녕 노래도 나오지 못하는 상황이 되고 말 거다.

그래, 어떻게든 시간 내에 곡을 만들어서 축제 땐 화려하게 무대를 완수해야지. 전교생이 우리 밴드부를 다시 볼 수 있도록 말이야.

아, 그러고 보니. 아직 듣지 못했구나.

내가 밴드부에 들어온다고 했을 때 떨떠름한 표정을 짓거나, 내가 하면 안 될 일을 하는 것처럼 이상한 눈빛을 받았던 것. 분명 준수와 현민이는 들어가 보면 알 거라고 했지만, 나는 그 이유를 전혀 모르겠다.

분명 우리 부원들의 외모는 상당한 편이지만, 평범하지 않은 성격과 대화의 부족으로 팀워크가 형성되어 있지 않은 문제점이 있긴 하였다. 만약 이게 이유라고 해도, 어떻게 전교생들이 이들의 성격이나 팀워크의 문제를 어떻게 안단 말인가. 교사들은 모든 반을 돌아다니니 안다고 해도 별로 이상하지는 않지만, 어떻게 학생들까지 안단 말인가.

결국 나는 이 의문에 대해 물어보기로 결심했다. 내가 앞으로 이 밴드부에 있기 위해서는 어차피 언젠가는 들어야 할 것이었다.

침을 삼켜 마른 목을 적신 후, 입을 열었다.

"저기, 물어볼 게 있는데……."

조심스레 말을 꺼냈다. 그러자 별이는 다 먹었는지, 텅 빈 아이스크림통을 쓰레기통에 던져 놓고는 이쪽을 돌아보았다. 바다도 책을 읽는 것 같지만 눈동자는 이쪽으로 향해 있는 것이 보인다. 하늘이는 여전히 자고 있다. 뭐……, 자는 척일지도 모르지만.

"그러니까……, 예전부터 궁금했던 건데. 우리 밴드부, 학교에서 이미지가 왜 이렇게 안 좋은 거야?"

"하아."

"후."

"음……."

별이, 바다, 하늘이가 차례대로 반응을 보였다. 그보다 하늘이 녀석, 진짜로 깨어 있었냐.

세 사람의 반응은 '언젠가는 물어 볼 줄 알았다.' 라고 말하는 것 같았다. 잠시 동안의 침묵 속에서 가장 먼저 말을 꺼낸 건 별이였다.

"수련회 때, 사고가 좀 있었어."

"사고라……."

나도 모르게 중얼거렸다.

"사실, 네가 오기 전에, 우리 밴드부에 기타랑 보컬을 같이 하던 여자애가 한 명 있었어. 자기가 밴드부 하자고 해놓고는 한 달도 안 돼서 전학 가버렸지만."

별이에게 그 말을 들은 나는 문득 머릿속에 한 소녀의 이름을 떠올렸다. 민정. 분명 그런 이름이었을 것이다. 인간을 거부하는 바다를 이 밴드부에 넣었다던, 바다가 처음으로 '믿을 수 있는 사람'이라고 생각했던 그 소녀를 말하는 것일 거다. 이 셋을 이 밴드부로 모은 장본인이기도 한 소녀.

"아아, 어쨌든. 걔가 전학 가기 일주일 전에 우리 학교 1학년 수련회가 있었거든? 거기에 장기자랑 코너가 있었는데, 그 애가 거기에 밴드부의 무대를 신청해버린 거야. 그래서 우리는 그 애 말에 따라서 제대로 준비도 했는데 말이야……."

"보기 좋게 망했어. 그 날 무대."

갑자기 끼어든 바다의 한마디. 그 말과 동시에 나는 공허함에 휩싸였다. 하지만 이 공허함에 사로잡힌 것도 잠시, 다음에는 소파에서 상체를 일으킨 하늘이가 발언을 했다.

"민정이……. 굉장히 좋은 애였어. 그런데 민정이는 가르치는 방식이 과외식이라……. 한 명씩 개인적으로 연습을 시켰어. 그렇게 연습해놓고 수련회 전날에 다 같이 맞춰 보니, 완전히 엉망인 거야. 그래서 민정이도 너처럼 '팀워크'란 말을 언급하긴 했었는데……. 시간이 없어서 그대로 수련회를 갔어. 실전에서는 잘 되리라 믿고 그대로 무대 위에 올랐다가 엉망진창이 되어 버린 거야."

"……."

그런가, 그래서 밴드부에 대한 인식이 안 좋았던 건가.

"하하, 거기다가 이 밴드부가 우리 학교에서 3년 만에 결성된 밴드부라서 그 말을 들은 학생들뿐만 아니라 선생님들의 기대도 굉장히 컸었다나 봐."

이번에는 다시 발언권을 찾은 별이가 말했다. 그 말에 고개를 끄덕이고 있으니 다시 하늘이가 입을 연다.

"그뿐만이 아니야. 그러니까……, 예전에 우리 밴드부의 보컬이었던 민정이가 그 사건이 있고 일주일 뒤에 전학을 가버리는 바람에 우리가 왕따를 시켰다는 소문이나, 민정이 이외의 다른 멤버들이 너무 괴짜라서 견디지 못하고 결국 전학을 갔다라는, 뭐, 이런 이상한 소문들이 학생들 사이에서 돌다가, 그 소문이 선생님들한테도 퍼지고, 학교 전체에 퍼져 그 결과 우리 밴드부의 이미지 하락으로 이어졌다는 뭐, 그런 이야기야."

"뭐, 여자애들 반에는 소문이 좀 죽어서 우리들도 그나마 괜찮지만, 다른 선생들이나 남학생 놈들이 문제야."

키득키득. 웨이브머리를 가늘게 떨며 별이가 웃는다.

이 모든 것들을 들은 나는 '음~ 음~' 하고 고개를 끄덕이며 말했다.

"그렇구나. 대충 이해가 갔어. 여기가 어떤 곳인지."

입가에 살며시 미소를 띠웠다. 이제야 상황이 좀 이해가 간다.

드르륵. 의자를 밀어 내고는 자리에서 일어나 부실의 문을 향해 걸어간다. 문 앞에서 멈춰 손잡이를 잡은 채 고개만 돌렸다. 그녀들에게 시선을 나눠준다.

"조만간 축제 때 부를 곡도 쓸 테니까, 걱정하지 마. 적어도 다음 주부터는 본격적인 연습에 들어 갈 수 있도록 해볼 테니까."

문을 연다. 우리에게 또다른 문이 열리고 있다.

| 제5장 |
학교 축제

드디어 오늘이다. 1년에 한 번, 매년 11월에 개최되는 학교 축제가 열리는 날. 학교의 이름을 딴 '야명제(夜明祭)'가 바로 오늘이다.

조금 불만스럽긴 하지만, 야명제는 당일로 이루어지며, 낮에는 각 동아리와 반에서 활동을 하고 밤 6시쯤이면 대강당에 있는 무대에서 오디션을 통과해 올라온 몇몇 학생들과 댄스 동아리 등의 동아리들이 공연을 한다. 그러다 보니 야명제가 끝나려면 보통 9시 가까이 되어야 한다. 본격적인 야명제는 오전 9시에 시작이 되므로, 거의 12시간 동안 축제가 진행되는 셈이다.

우리 밴드부에서 팀워크 향상을 위한 데이트, 축제에 부를 곡 준비 등, 여러 가지 일들을 겪어왔던 것도 바로 이 야명제 때문이다. 그리고 이 야명제를 통해서 우리의 팀워크를 발휘할 수 있을 것이다.

그렇지만 좀 더 연습을 해야 할 것 같아 9시, 야명제가 시작하자마자 5층의 제2 음악실로 달려왔다. 그런데,

"아무도, 없네……."

예상했던 일이기는 하나, 막상 아무도 없으니 허탈감이 밀려온다. 당연히 다들 연습실에 모여 있을 거라 생각했기 때문이다. 평소처럼 조금만 기다려 보려고 했지만, 오늘은 공연 당일이다. 축제라는 분위기에 취해 조금 늦게 오고 싶은 마음도 이해하지만, 솔직히 불안했다. 조금이라도 더 연습을

하고 싶은 심정이다.

결국 휴대폰을 꺼내 하늘이에게 전화를 걸었다.

신비로운 분위기의 컬러링이 잠시 내 청각을 자극하더니 얼마 지나지 않아 '여보세요~?' 하고 발랄한 목소리가 들려왔다.

"어, 하늘아. 어디야?"

〈나? 지금 애들이랑 축제를 만끽하고 있지!〉

하늘이가 신나는 목소리로 말했다.

이 녀석들, 한 달 사이에 벌써 이 정도로 친해졌구나. 같이 축제도 즐기고 있고 말이야.

"그래? 축제를 즐기는 것도 좋지만, 되도록 빨리 연습실로 와 줄래?"

〈뭐…… 상관없기는 한데, 왜?〉

"응? 어제 연습도 거의 완벽하긴 했지만, 아직 좀 더 연습을 해봐야 할 것 같아서."

〈상대방이 전화를 끊을 예정입니다.〉

"어이, 어이."

〈하지만, 어젯밤에도 그렇게 연습시켜 놓고서는, 오늘 또 한다니까……〉

"오늘은 공연 당일이잖아. 적어도 마지막 점검 같은 건 해봐야지."

〈네.〉

"하하, 기운 내. 이번 축제만 끝나면 한 동안 공연할 일도 없을 거 아니야?"

〈응, 알았어.〉

뚝. 하늘이로부터 전화가 끊겼다. 휴대폰을 주머니에 집어넣고, 몸을 돌려 다시 부실의 문을 향해 걸어갔다.

반응으로 보건데 빨리 올라올 것 같지는 않다. 그렇다면? 나도 이 축제를 조금이라도 만끽하는 게 좋을 거라는 판단이 섰다. 만약 하늘이랑 다른 애들이 오면 전화해 주겠지.

머릿속으로 그런 생각을 하며 문손잡이에 손을 뻗자, 반대로 바깥쪽에서 누군가가 부실의 문을 열어왔다. 나도 모르게 문손잡이로 향하던 손을 거두고 뒷걸음질쳤다.

내가 있는 이곳은 제2 음악실이기는 하나, 수업용으로 쓰는 교실은 아니다. 곳곳에 클래식 기타나 플룻, 바이올린 등이 놓여 있는 그냥 악기 창고일 뿐이었다. 그렇지만, 그냥 악기 창고의 기능만 하는 것은 또 아니었다.

실의 중앙 부근에는 회의 할 때나 쓸법한 기다란 책상과 그 옆에 배치 해둔 드럼, 그리고 일렉 기타와 베이스 기타와 케이스. 그렇다, 이곳은 바로 내가 속해있는 밴드부의 부실이기도 했다. 즉, 지금 이곳에 들어올 만한 사람이라고는 우리 학교에서 근무하시는 두 명의 음악 선생님과 밴드부의 멤버인 세 명의 소녀들뿐이지만, 밴드부 멤버들은 지금 축제를 즐기고 있다. 음악 선생님들은 보통 제1 음악실과 이어진 문을 통해 들어온다. 그렇다면 대체 누구지?

생각에 1초간 공백이 생긴다. 바로 그때였다.

"신문부의 갑작스런 깜짝 인터뷰!"

문을 통해 이곳 밴드부의 부실로 들어온 사람들은 각각 녹음기, 메모지, 캠코더를 장비한 두 명의 여학생과 한 명의 남학생이었다. 이 사람들의 가슴 부근에 달려 있는 명찰의 색을 보니 모두 나보다 한 학년 위인 2학년 선배들이었고, 여기에 들어오면서 했던 말로 예상해 보건데, 이 선배님들은 신문부이며 지금은 우리 밴드부를 인터뷰하러 온 것인 듯하다.

하지만 내가 이 사실들을 알아차리기도 전에 눈이 커다래서 초롱초롱한 눈빛을 발하는 검은 장발의 여자 선배님이 갑자기 내게 뭔가를 들이밀며 빠른 걸음으로 돌진해왔기 때문에 나도 모르게 그 빠른 속도에 맞춰 뒷걸음질을 쳤다.

그러다가 내 뒤를 벽이 가로막아 더 이상 물러 설 수 없게 되자, 이 여자 선배님이 무언가 아마도 녹음기인 를 들이밀고 두 눈에서 반짝반짝 빛을 내뿜더니 무차별 질문을 던졌다.

"이번에 밴드부가 무대 위에 오른다는데 사실인가요?"

그러자 이런 나와 선배의 모습을 캠코더에 담고 있는 한 2학년 남자 선배님이 뭐가 재밌는 건지 키득키득 웃어댔다.

지금 상황이 우스운 상황인가? 인터뷰하는 사람을 두고 저렇게 웃을 것까지는 없지 않나? 그리고 나도 어쩔 수 없었다고. 아무리 '갑작스런 깜짝 인터뷰'라고 해도 이건 너무 갑작스러웠으니까.

"아……, 저……, 그게 말이죠……."

내가 얼버무리자, 남자 선배님의 웃음소리가 더 커졌다. 그러나 이런 상황을 아는지 모르는지 녹음기를 들이미는 여자 선배님의 커다란 눈동자는 더욱 빛나기만 할 뿐이었다.

"괜찮아요! 부담 가지지 말고 차분하고 편안하게 말씀해 주세요!"

"아……, 네……."

부담 가지지 않으려고 해도 부담스러울 수밖에 없었다. 특히 나를 또렷이 응시하는 눈빛이.

갑작스러운 상황에 잠시 당황하긴 했지만, 나는 헛기침으로 마음을 가다듬은 후, 질문에 대한 대답을 시작했다.

"아, 예. 맞습니다. 오늘 밤에 저희 밴드부가 무대에 오릅니다."

분명 질문에 대한 대답을 하기는 하였다. 그러나 역시 저 눈빛에서 느껴지는 엄청난 부담감에 나는 국어책 읽기를 뛰어 넘어 거의 로봇 발음으로 대답을 했다. 그러자 캠코더로 촬영 중이던 남자 선배의 웃음소리가 더욱 더 커졌다.

펵!

짧지만 강렬한 타격음과 함께 남자 선배님의 웃음소리도 뚝 멈췄다. 메모지에 뭔가 열심히 적고 있던 안경을 쓴 여자 선배가 그 남자 선배의 뒤통수를 한 대 강하게 후려쳤기에.

그 우스운 상황을 보고 있자니 내 마음도 한결 가벼워졌다. 어느 정도 긴장이 풀린 것 같은 기분이 들었다.

"그럼, 2학년이라 저희는 잘 모르는 '수련회 밴드부 사건'이란 건 대체 뭔가요?"

"아, 그 사건 말인가요. 글쎄요……, 저도 지난달에 전학을 와서 잘은 모르지만, 제가 들은 바로는 수련회 장기자랑 때 저희 밴드부가 최악의 공연을 연출한 모양입니다."

"그럼, 오늘 무대는 그때와 다르다는 건가요?"

"아……, 네. 일단 연습을 많이 했으니 수련회 때처럼은 되지 않을 겁니다."

"오~, 기대해도 된다는 건가요?"

"네, 기대하세요! 저희 밴드부의 무대를!"

짠! 이 인터뷰 모습을 촬영하고 있는 캠코더를 향해 엄지손가락을 치켜세워주었다. 캠코더를 든 남자 선배가 다시 한 번 웃음을 터트렸지만, 녹음기를 들이밀고 있는 여자 선배은 그저 녹음기의 버튼 중 하나를 딸깍 눌러 녹음을 종료한 뒤, 고개를 꾸벅 숙일 뿐이었다.

"갑작스러운 인터뷰에 협조해 주셔서 감사드립니다! 그럼, 저희는 이만!"

선배님이 녹음기를 치마 주머니에 대충 쑤셔 박고는 몸을 획 하고 돌려 이 부실에 들어왔을 때와 같이 빠른 속도로 걸어 부실의 문을 향해 뚜벅뚜벅 발걸음을 옮겼다.

"……하아."

나는 세 명의 선배님들이 모두 이 부실에서 나간 것을 확인하고 나서야 비로소 긴장해서 참고 있었던 숨을 모두 뱉어낼 수 있었다.

점심시간이 되었을 즈음. 친구들과 함께 축제를 즐기고 다시 음악실 앞으로 돌아온 나는 깊게 들이마셨던 숨을 내쉬고, 아무도 없는 텅 빈 복도에서 기도를 했다. 그런 뒤 마른침을 삼키며 내 앞을 가로 막고 있는 문을 활짝 열었다.

문을 통해 내 눈에 한 명 한 명 사람의 모습이 보이기 시작한다. 가장 먼저 들어온 사람은 우리 밴드부의 담당 선생님이셨다. 뒤이어, 갈색 단발머리의 소녀 하늘이, 검은 생머리의 소녀 바다, 갈색 웨이브머리의 소녀 별이, 세 소녀들의 모습도 눈에 들어왔다.

"다, 다들 와 있었구나?"

애써 태연한 목소리로 그렇게 말하며 동아리실에 들어선다. 하지만 내게 돌아온 대답은, 역시 각자 할 일 취침, 독서, 시식만 하고 있는 그녀들의 모습이었다.

데이트 사건의 효과로 서로 친해진 지 이제 거의 한 달도 다 되어 가는데, 지금과 같은 이 개인 행동 버릇은 전혀 고쳐질 기미가 보이지 않는다.

이젠 익숙해져버린 이 풍경에, 오늘도 본능처럼 동아리실 중앙에 배치된 회의용 책상으로 걸어가 의자를 하나 빼내어 앉았다.

이젠 완연한 가을이 되어, 별이가 먹는 간식은 젤라토가 아닌 서양에서 수입해온 다른 과자 종류로 바뀌었다.

"어라?"

소파에서 몸을 일으킨 하늘이, 비싸 보이는 쿠키를 한 입 베어 문 별이, 어려워 보이는 책을 다 읽었는지 팍 하고 덮어버린 바다가 같이 입을 모아 말한 뒤, 곧바로 그 뒤의 말 또한 입을 모아 이어나갔다.

"있었어?"

"너희들, 일부러 이러는 거지?"

그야, 내가 이 부실에 들어와서 대사도 한 마디 날렸는데, 이제야 입을 모아 '있었어?' 라고 말하다니, 분명 일부러 이러는 거다.

에휴…….

한숨을 내쉰다. 이런 내 마음을 아는지 모르는지 자기네들끼리 눈빛을 교환하며 꺄르르 웃는 소녀들의 모습이 눈에 비친다.

역시 일부러 한 거였다. 좋아. 그럼 그 웃음이 언제나 유지되는지 어디 한 번 두고 보자. 사악한 생각을 품고 자리에서 일어난다. 손뼉을 울리며 말했다.

"자, 자! 개인 활동도 충분히 했지? 그럼 이제 연습 하자."

그 말에 소녀들이,

"뭐어? 나 방금 누웠는데……."

"나, 나도 아직 읽을 책이 더……."

"어, 어이. 나도 이거 덜 먹었다고!"

라며 거세게 반박을 했지만, 나는 웃는 얼굴을 유지한 채 단호하게 "안 돼." 라고 한 마디를 날려주었다.

"시, 싫어……."

소녀들은 이번에야 말로 진짜로 입을 모아 싫은 소리를 낸다.

~ ~ ~ ~

연습을 시작한 지 30분쯤 지났을까, '두둥' 하고 둔탁하면서도 웅장한 드럼 소리가 벌써 몇 번째인지 모를 연주의 마무리를 알렸다.

물론 이번 연주를 마지막으로 연습을 멈출 생각은 추호도 없었다. 나도 거의 30분 가까이 노래를 불렀지만, 이번 곡은 별로 지르는 곡도 아니다 보니, 몇 시간 더 연습해도 될 것 같았다.

그러나 그런 건 중요하지 않았다. 앞으로 내가 계속 노래를 부를 수 있다고 한들, 나의 뒤에서 악기를 연주하고 있는 소녀들의 체력이 바닥나면 거기서 끝인 것이다.

그렇기 때문에, 나는 혹시나 하는 마음으로 살짝 고개를 돌려 그녀들에게 한 번 더 가능하냐는 눈빛을 보내었다. 그런데,

"으아아악! 난 못해!"

이번 연주를 하기 전까지만 해도 약간의 불평만 했을 뿐, 연주에 아주 잘 따라오던 하늘이가 어깨에 걸치고 있던 기타를 풀어 바닥에 내려놓으면서 바닥에 사지를 펼친 채 드러누워 버렸다.

거의 30분이나 되는 시간 동안 약 10번의 연주를 논스톱으로 달려왔으니 당연한 반응이라고 생각했기에, 나도 주머니에서 손수건을 꺼내 이마를 닦으며 말했다.

"알았어. 그럼, 좀 쉬었다가 다시 연습하자."

나의 지시가 떨어진 순간, 별이와 바다가 이제 살았다는 듯이 안도의 한숨을 내뱉었다. 그 한숨과 동시에 바다는 베이스를 바닥에 조심스럽게 내려놓으며 부실 중앙에 있는 긴 책상으로 걸어가 선풍기가 있는 바로 옆자리에 앉았다. 그리고 선풍기의 버튼을 눌러 가을이지만 자신의 온몸을 흥건히 적신 땀을 말리기 시작했다. 그에 반해 별이는 한숨 소리와 함께 양손에서 드럼 스틱을 흘려보내듯이 바닥에 떨어트리며 그대로 벽에 등을 기대어 몸을 축 늘어뜨렸다. 뭐, 드럼은 원래 앉아서 연주하는 악기라서 별이처럼 바로 휴식을 취하는 게 가능한 것이지만 말이다.

아, 나도 좀 쉬어야겠다.

잠시 후, 정신을 차리고 보니 짧은 시간이긴 하지만 잠을 청한 듯했다. 하

늘이는 어느 새 피아노 뒤에 있는 소파에 누워 잠을 청하고 있고, 바다는 역시나 어려워 보이는 책을 펴서 정독 중이었다. 그리고 별이는…… 웬일인지 내가 고개를 숙이기 전에 봤던 모습 그대로, 등받이가 없는 드럼 의자에 앉아 벽에 등을 기댄 채 눈을 감고 있었다.

별이도 잠을 자고 있는 걸까? 그렇게 생각을 하니 도저히 이 녀석들을 깨울 수가 없었다. 하늘이는 항상 잠을 자니 그렇다 쳐도, 평소에 자는 모습을 보이지 않던 별이까지도 잠을 자고 있으니 말이다. 그리고 바다도 잠이 오는 건지 아까부터 계속 하품을 하고 있다.

쩝. 입맛을 다시며 다시 고개를 숙였다. 그러나 현재 시간을 보지 않았다는 생각이 문득 들었기에, 곧바로 고개를 들었다.

벽에 걸린 시계를 보았다.

4시 32분.

"……"

젠장! 그냥 새우잠인 줄 알았는데 그냥 푹 자버렸잖아! 마음속으로 절규를 토하며 머리를 쥐어뜯었다.

분명 우리가 쉬기 시작한 것이 2시 30분쯤이니 거의 2시간 동안이나 휴식을 취했다는 말이 된다. 하지만 더 큰 문제는 따로 있었다.

리허설.

밴드부는 악기, 특히 드럼을 옮기는데 꽤나 많은 시간이 필요하기 때문에 본무대에서는 가장 첫 번째 순서로 무대를 꾸미지만, 리허설 순서는 마지막이 되고 만다. 하지만 밴드부의 리허설이 언제 시작되는지 모르기 때문에 적어도 5시 30분, 어쩌면 그 전에 미리 강당에 내려가 있어야만 한다. 즉, 현재 남은 시간은 1시간도 채 안 된다는 것이다.

마음 같아서는 이렇게 곤히 자고 있는 그녀들을 깨우고 싶진 않았지만, 어쩔 수가 없었다. 시간이 너무 부족했다. 결국에는, 큰 소리로 그녀들을 깨우기 시작했다.

"자자, 일어나! 다시 연습해야지!"

마지막에 목소리가 살짝 흔들리긴 했지만 그녀들은 눈치채지 못했으리라 그렇게 믿으며 다시 한 번 크게 박수를 쳤다.

잠시 후, 하늘이와 별이가 아침 일찍 깨우는 엄마에게 투정을 부리는 어린아이처럼 서서히 눈을 떴다.

"으아아아아! 또 연습이야?"

하늘이가 담요를 거칠게 걷었고, 그 뒤를 이어 별이도

"좀 봐줘. 너무 피곤하단 말이야."

하고 투정 부리며 눈을 비볐다.

"그리고 연습은 이쯤하면 됐잖아? 난 이제 눈 감고도 연주할 정도라고……."

별이가 그렇게 덧붙였다. 하지만 나는 아래에서부터 치밀어 오는 미안한 감정을 억누르며 단호하게 말했다.

"안 돼. 이제 1시간도 안 남았어."

"에에? 6시 되려면 1시간 30분이나 더 남았는데?"

"리허설 때문에 3, 40분 전에 미리 내려가 있어야 해."

나는 미안한 마음에 두 눈을 질끈 감았다.

잠시 후, 다시 눈을 뜨자 어느새 그녀들이 각자의 자리에 서서 연주를 준비했다. 그 모습을 확인하고, 미소 띤 얼굴로 소리쳤다.

"자, 그럼 다시 연습 시작한다!"

딱. 내가 손가락을 울렸고, 그 소리와 함께 별이의 웅장한 드럼 소리가, 우리의 마지막 연습의 시작을 알렸다.

~ ~ ~ ~

"드, 드디어 끝났다……."

몇 번이나 5층에서 1층을 왕복했을까, 드럼 세트의 마지막 부분을 바닥에 살짝 내려놓은 내가 숨을 헐떡이며 낮게 중얼거렸다.

마치 소나기처럼 쏟아지는 땀방울들을 스윽 한 번 닦아낸 나는 그대로 바닥에 주저앉아 버리고 말았다.

휴우

안도의 한숨과 함께 다시 한 번 이마에서 내려와 나의 눈을 찌르는 땀방울들을 닦아내며, 주위를 한 번 둘러보았다.

이곳- 무대 뒤 대기실의 상황을 한 번 살펴보니, 밴드부의 세 소녀들은 나란히 몸을 웅크린 채 벽에 몸을 기대어 휴식 중이었고, 다른 아이들도 휴식을 취하거나 친구들끼리 수다를 떨고 있었다.

그리고 우리가 곧 오르게 될 강당의 무대 위에서는 야명고 댄스 동아리 멤버들이 멋지게 아이돌 그룹의 안무를 소화해내고 있는, 그런 평범한 상황이었지만, 어째서인지 묘하게 긴장이 되었다.

원래는 무대에 오르기 전에 긴장을 잘 하지 않는데 이렇게 긴장이 되다니, 전학을 온 뒤로 처음 오르는 무대라서 그런가? 아니면 단지 처음으로 여자아이들과 무대에 오르기 전이라서? 뭐, 어쨌든 그런 건 됐다. 지금 중요한 건 저 댄스 동아리의 리허설이 끝난 다음이 바로 마지막 리허설 순서, 즉, 우리의 차례라는 것이다.

휴우

묘한 긴장감에 다시 한 번 깊은 한숨을 내뱉으며 자리에서 일어난 나는, 안절부절 하지 못하고 이리저리 대기실을 돌아다녔다. 그리고 잠시 후, 무대에서 들려오던 음악소리가 중간에 끊기더니, 대기실에 달린 스피커로부터 안내 방송이 흘러나왔다.

〈자, 다음 순서는 밴드부, 무대 준비해 주세요.〉

어째선지 다른 출연자들을 부르는 안내 방송에 비해 조금 퉁명스러운 말투로 부르는 것 같았지만, 그런 건 신경 쓰지 않고 고개를 슬쩍 돌려 밴드부의 세 소녀들을 바라보았다. 그녀들도 마침 나를 쳐다보고 있었기에 나는 턱을 까딱 움직여 무대로 나가자는 신호를 보내었다.

대기실에서 무대로 드럼 세트를 옮기는 역할은 역시나 내 차지였다. 하지만 뭐, 몇 번씩이나 이 걸 반복하다 보니 어느 정도 요령까지 생겨버린 나는, 방금 전보다는 제법 쉽게 드럼 세트의 각 부분들을 무대 위로 가져갔고, 그것들을 조립해 드럼 세트로 만드는 것은 별이와 하늘이가 힘을 합쳐 끝마쳤다.

곧이어 하늘이와 바다가 어깨끈을 이용해 각자의 일렉 기타와 베이스 기타를 어깨에 메고, 그와 동시에 '시작'이라는 퉁명한 말투의 지시가 떨어졌다.

'좋아, 애들아. 너희들이 수련회 때 저지른 크나큰 실수를 오늘 이 자리에서 만회하는 거야!'

그렇게 속으로 외치며 나는 딱 하고 손가락을 튕겨 연주의 시작을 알렸다. 그런데.

두두 쨍!

연주의 시작을 알려야 하는 별이가 처음부터 실수를 저지르고 말았고, 그 때문에 우리들은 본격적인 연주를 시작조차도 할 수 없었기에, 드넓은 강당에 고요한 정적만을 만들고 말았다.

머쓱해 할 소녀들을 생각하며, 나는 '하하하' 큰소리로 웃으며 상황을 넘겼고 마이크를 든 선생님에게 검지를 세워 한 번 더 해보겠다는 신호를 주었다. 그러자 그 선생님은 못미더운 듯한 표정을 지으면서도 고개를 끄덕였고, 나는 내 뒤에 서 있는 소녀들에게 눈빛을 보낸 뒤, 다시 마이크를 잡으며 다른 한 손으로는 손가락을 튕겼다.

그리고 들려오는 '두두둥!' 연주의 시작을 알리는 별이의 드럼 소리.

이번에는 시작이 아주 좋았다. 하지만, 그 뒤의 연주는…… 완전히 엉망이 되어버렸다.

드럼을 치는 별이의 손이 자꾸 엇갈려 패드를 쳐야 할 때, 심벌을 울려 시끄러운 쇳소리를 자아내는 등, 별이의 평소와 다른 드럼 연주에 기타와 베이스를 연주하던 하늘이와 바다도 같이 손이 엇갈려 이상하게 연주를 하기 시작했다.

한 마디로 말해서…… 망했다.

이게 대체 어떻게 된 일일까, 분명 좀 전에 연습했을 때만해도 완벽했었는데, 어째서 이렇게 실수를 연발하는 것일까. 이유야 어찌됐든, 이런 연주에서는 나도 노래를 부를 수 없기에 뒤로 돌아 소녀들을 향해 팔을 강하게 휘저어 연주를 중지시켰다.

내가 보낸 이 중지 신호를 세 소녀들이 잘 봐주었는지, 금방 이 엉터리 연주가 멈추었고, 나는 그대로 고개를 숙여 이마를 짓눌렀다.

하아

미칠 것 같은 감정에 한숨을 내뱉은 나는, 우리 밴드부에서 드럼을 맡은 갈색 웨이브머리의 소녀 별이가 드럼스틱을 내던지고 어디론가 달려가 버린 것도 모른 채, 그 자리를 벗어나지 않고 계속 한숨만 토해내고 있었다.

제6장

내가 있어야 할 장소

별이가 사라진 것을 알아차렸을 때는, 그 최악의 리허설이 끝나고 약 10분이 지났을 무렵이었다.

부실에서 연습을 할 때만 해도 그렇게 완벽하게 연주를 보여주던 별이가 방금 전처럼 무대를 망치고, 거기다 곧바로 그 자리를 벗어나 이렇게 도망을 쳤다는 것은 분명, 그녀가 무엇인가를 숨기고 있는 것이다.

그런 생각이 문득 떠오른 나는 별이가 사라진 것을 알아차린 바로 그 순간, 강당을 뛰쳐나와 어디론가 달려갔다.

뭐, 어디론가라고 해봤자, 내가 지금 가는 곳은 바로 5층에 있는 부실이다. 부실이 아니면 딱히 그녀가 갈 곳은 없을 거라고 생각했기에, 나는 단 1초의 고민도 없이 바로 땅을 박차 강당을 뛰쳐나온 것이다.

평소엔 운동 신경이 좋지 않은 나였지만, 지금은 어째서인지 이런 전력 달리기가 조금도 힘들지 않았다. 이것도 인간의 '잠재력'이라는 것일까, 만약 그런 거라면 나의 머리는 지금 이 상황을 엄청나게 급한 상황이라고 인식한 걸까.

그러나 더 이상 이런 생각을 할 틈은 존재하지 않았다. 왜냐하면, 나의 몸은 어느새 5층의 부실 바로 앞에 도착해있었기 때문이다.

하아, 하아.

정신없이 뛰어온 나머지, 이제야 거칠게 숨을 내뱉기 시작한 나는 이렇게 숨을 돌리고 있을 시간도 없다고 생각하며 곧장 눈앞에 있는 문을 활짝 열어젖히고 부실로 들어갔다.

문을 열고 부실에 들어서니, 방음 소재의 문 때문에 제대로 들리지 않았던 부실 안의 소리, 한 소녀가 훌쩍훌쩍 울고 있는 소리가 내 귓가에 들렸고, 순간 내 심장이 멎을 뻔하였다.

마치 어린 여자아이가 우는 것 같은 그 소리가 들려오는 곳을 따라 고개를 돌려보니, 그곳에는 고등학생 보다는 중학생에 가까운 키를 가진 웨이브머리의 소녀가 얼굴 전체를 축축하게 적신 채로 부실 중앙에 있는 긴 책상의 자리들 중, 한자리에 앉아 꾸역꾸역 비싸 보이는 과자를 입으로 밀어 넣고 있었다.

그 모습을 본 나는 살짝 안심이 되어 입가에 미소를 살짝 띠우며 그녀를 향해 살금살금 걸어가, 그녀의 바로 옆자리에 앉았다. 그러자 그녀는 자신의 옆자리에 앉은 나를 흘끔 보더니, 다시 과자를 입으로 밀어 넣기 시작했다.

그런 그녀를 보고 있자니, 절로 입가에 미소가 번져 나도 모르게 그녀의 머리를 쓰다듬고 말았다. 그녀의 머리를 쓰다듬는 것과 동시에 내 손에는 황금 같이 아름다운 머릿결로부터 부드러운 감촉이 느껴졌지만, 나는 이 감촉을 그리 오래 만끽하지는 못하였다.

내가 그녀의 머리를 쓰다듬는 그 순간, 갑자기 그녀가 과자를 집어먹던 손을 멈추고 얼굴을 새빨갛게 붉히더니, 두 손으로 자신의 머리를 쓰다듬던 나의 손을 마구 쳐냈기 때문이다.

나는 그제야 그녀가 평소의 그녀로 보였기에, 다시 한 번 입가에 미소를 지으며 말했다.

"대체 무슨 일이야?"

나의 물음에 그녀는 아무런 대답도 하지 않고, 또 다시 나를 흘끔 쳐다보기만 할 뿐이었다.

그런 그녀에게 나는 씁쓸한 미소를 지으며 손수건을 내밀며 다시 한 번 대화를 시도했다.

"일단 눈물 좀 닦고, 천천히 말해봐. 무슨 일이 있었던 건지."

하지만, 그녀는 내가 건넨 손수건을 받지 않았다.

결국, 답답함이 폭발해버린 나는 내 손에 쥐어져 있는 손수건으로 그녀의 얼굴을 흠뻑 적셔 놓은 축축한 눈물들을 쓱쓱 문질러 닦아 냈다. 거기에서 또 한 번 그녀는 얼굴을 새빨갛게 붉히며 반응을 보였다.

"뭐, 뭐하는 거야!"

약간의 울먹임이 섞인 그 목소리에 나는 방긋 웃어 보이며 말했다.

"드디어 말했네."

"그런 짓을 하는데 어떻게 아무 말도 안하나?"

"하하하, 그런가?"

"웃지 마. 짜증나니까."

"하하, 미안."

"또 웃었지?"

"어이쿠, 미안. 나도 모르게."

"나 참……."

그녀가 팔짱을 끼고는 획 하고 몸을 돌렸다. 그런 그녀에게 나는 '미안 미안' 몇 번이나 사과를 연발하며 겨우 그녀를 다시 돌아보게 하였다.

이제야 제대로 그녀와 말을 할 수 있을 것 같았다. 그런 생각에 말을 꺼내려는 나를, 별이의 입에서 나온 말이 가로막았다.

"……너, 이상해."

뜬금없는 말이었다. 그리고 이해할 수도 없는 말이었다. 나는 말없이 고개를 갸우뚱했다.

"왜 그렇게까지 오늘의 무대를 성공시키려는 거야? 어째서? 뭐 때문에 우리들을 되살리려고 애쓰는 거야?"

"뭣······."

한 순간 말문이 막히고 말았다.

우리들. 그것은 분명 이 밴드부를, 내가 오기 전에 몰락해 있었던 그녀들을 뜻하는 말이다. 나는 그것을 알 수 있었다.

내가 그녀들을, 이 밴드부를 다시 되살리려는 이유······.

"그렇네······. 그래······."

나는 말을 얼버무렸다. 그도 그럴 것이, 지금의 각오가 새롭게 다져졌지만, 내가 처음에 이 밴드부를 되살려 보겠다고 생각했던 것은, 단순한 자기만족이었으니 말이다.

나의 인생에는 밴드 밖에 없다. 그 외에 내가 할 수 있는 건 크게 찾아볼 수가 없다. 그러니 나의 인생의 전부인 밴드부를 내 손으로 되살려야겠다는 생각, 내가 설 곳을 찾아야겠다는 생각, 그 뿐이었다.

이런 이야기, 어떻게 보면 나만을 위한 이기적인 이런 생각을 어떻게 하냐는 말인가.

내 개인적인 자기만족의 도구로 사용하려 했던 사실을 그녀 앞에서 어떻게······.

하지만, 하지만 해야만 한다. 나는 리허설 중 도망을 친 그녀를 뒤따라 이곳으로 왔다. 그녀에게 손을 내밀어 주기 위해 이곳으로 온 것이다.

그러기 위해선 그녀가 도망을 친 이유를, 그녀를 도망치게 만들었던 이유를 들어야 한다.

그런데 나 혼자만 나만의 이야기를 감추려 하고 있다니, 나란 녀석은 도대체 얼마나 못 되어 먹은 녀석이란 말인가.

말해야만 한다. 그렇게 다짐한 나는 고개를 들었다. 주먹을 꽉 쥐고, 내 마음속에 담아두었던 이야기를 꺼내기 위해, 꼭 담아두고 있던 입을 연다. 목소리가 울린다.

"……그래, 사실대로 말할게. 사실 난, 단순히 내 만족을 위해 이 밴드부를 살리려고 했어. 단지 그런 이유로 일부러 너희들과 시내에 놀러 가고, 땀을 뻘뻘 흘리며 연습을 했어. 단지 그것뿐…… 이었어."

내 말을 진지한 표정으로 듣고 있던 별이의 눈썹이 내 말의 마지막에 들썩였다. 아마 내 말의 의도를 알아차린 것이겠지. 처음에는 이런 마음이었지만, 지금은 바뀌었다는 것을.

"처음에는 그저 자기만족의 도구로 너희들을 사용했어. 정말 미안해. 하지만 지금은 달라. 너희들과 함께 지내고 너희들을 알아가면서 다시 한 번 생각해 보게 되었거든. 너희들에 대해서. 그리고 나에 대해서도."

"……무슨 소리야?"

별이가 되물어 왔다. 나는 말없이 고개를 끄덕이며 말을 이었다.

"너는 모르겠지만, 사실 시내에 갔을 때…… 바다랑 하늘이한테서 이야기를 들었어. 어떻게 지금의 자신이 되었는가에 대한 이야기를. 개인적인 이야기라 자세한 건 생략하겠지만, 이 녀석들의 이야기를 들으니……, 어렴풋이 떠오르더라고. 나는 어떻게 해서 지금의 내가 되었는지."

"그 말은…… 어째서 지금의 네가 이렇게 밴드에 집착을 하는가에 대한 이야기?"

"그래, 사실 내가 중학생일 무렵, 사춘기에 방황한 적이 있었어. 초등학생 때는 아무 생각 없이 부모님이 시키는 대로 살다가, 중학생이 돼서야 내가 살아가는 이유에 대해 방황을 했었거든. 일종의 중2병 같은 거려나. 아무튼 그런 내게 사촌누나가 밴드부에 들어오지 않겠냐고 물었더라고. 매년 명절 때 간 노래방에서 들은 내 목소리가 너무 좋다고 했던가."

하하하. 내가 무미건조한 웃음을 흘리자 별이는 조용한 목소리를 울렸다.

"그래서 밴드를 시작하게 된 거야?"

나는 말했다.

"응. 밴드라 해봤자 내가 하는 일은 노래 부르는 것뿐이지만. 단지 그것뿐이었는데 말이야, 어느 순간부터 이 밴드를 즐기게 되었어. 삶의 이유도 모른 채 방황했던 나는 어느 새부턴가 사라져 있었어. 즉, 밴드가 내 삶의 이유를 찾아 준 거야."

"응……."

별이가 낮게 대답했다. 하지만 내 말은 아직 끝나지 않았기에, 나는 다시 한 번 입을 열었다.

내 이야기만 말했을 뿐, 아직 본론을 꺼내지는 않았으니 말이다.

"그렇기 때문에 나는 생각했어. 나처럼, 이 녀석들도 치유해 줄 수 있을까 하고. 밴드를 되살리고, 밴드 활동을 하고, 밴드에 흥미를 가지게 되면 나처럼 밴드로 치유 받을 수 있을 거라고 생각한 거야."

"그렇구나……."

힛―

별이가 작게 웃음을 흘렸다.

"만약 우리가 밴드에 흥미가 없다면, 어쩔 생각이었는데?"

이런 상황에서도 이런 말을 하다니, 여전히 건방진 녀석이다. 그런 그녀를 향해, 입가에 미소를 띄우며 나는 입을 열었다.

"흥미가 없을 리가 없잖아."

"뭐?"

"밴드에 흥미가 없었더라면 너희를 모았다는 애가 전학을 간 지 한참이 된 지금까지 너희들이 여기에 남아 있을 이유가 없잖아? 그리고, 너희들이 진짜로 흥미가 없었다면 시내에 간 그날에, 약속 시간 보다 빨리 나온 나보다도 더 일찍 나왔을 리가 없잖아. 안 그래?"

하하하. 시원하게 너털웃음을 터트려주었다. 그 웃음소리에 별이도 덩달아 "하하." 하고 작게 웃으며 말했다.

"그래, 그렇네. 밴드 말곤 할 줄 아는 게 없다더니, 추리도 꽤 하잖아. 나 권 주제에~"

"하하하. 아무리 추리라 해도 엄연히 밴드와 관련되어 있다고!"

하하하하! 나와 별이가 동시에 웃음을 터트렸다. 그러다가 문득 내 눈에 들어온 시계에, 나는 황급히 대화의 주제를 돌렸다.

"그래서 말인데, 이제 말해 주지 않을래? 어째서 이렇게 도망을 친 건지."

솔직히 겨우 풀린 분위기를 다시 가라앉히는 짓을 하고 싶지는 않았지만, 어쩔 수가 없었다. 시간이 없었다.

리허설에서 우리의 순서는 뒤쪽이었지만, 실제 무대에서 우리의 순서는 제일 처음이니 말이다.

"……"

역시나일까. 방금 전만 해도 나랑 같이 웃음을 터트리던 별이가 단 한 순간에 웃음을 끊고, 바다를 연상시키는 무표정을 만들었다. 하지만 시간이 없었다. 결국, 조금 치사하긴 하지만 이 방법을 쓰기로 했다.

"별아, 설마 나를 못 믿는 거야?"

"윽."

내가 생각해도 상당히 치사한 짓이고, 죄책감이 느껴졌지만, 주먹을 꽉 쥐어 그런 감정을 날려 보냈다.

"너, 정말 치사해……."

별이가 작은 목소리로 중얼거렸다. 하지만 결국 항복했다는 듯 한숨을 내쉬더니 조심스럽게 입을 열었다.

"너희들이 나한테 실망할까 봐. 그래서 이때까지 말하지 못했던 거야."

"…… 실망?"

마른침을 힘겹게 삼키며 되묻는다.

"실망…… 이라니?"

"나 사실, 무대 공포증이야."

"무대 공포증?"

"응."

갑자기 그녀가 고개를 쳐들었다. 그리고 다시 내게 보여진 그녀의 얼굴은 미소를 짓고 있었지만, 또 다시 눈물로 범벅이 되어 있었다.

그 얼굴을 본 나는 그녀의 손을 잡은 손이 아닌 반대쪽 손에 쥐고 있던 손수건을 그녀의 얼굴에 가져다 댔다. 그러나 그녀는 잡혀있지 않은 손으로 내 손을 쳐내며, 계속해서 말을 이었다.

"우리 집이 잘 산다는 건 대충 짐작했지?"

"응."

짐작하지 못했을 리가 없다. 그도 그럴 것이, 매일 비싸 보이는 과자를 먹고, 지난 번에는 리무진이 그녀를 데리러 오기도 했으니 말이다.

"나 어릴 적부터 피아노 같은 악기를 많이 배웠거든? 그러다가 언제쯤이었더라, 내가 6살? 7살? 그쯤에 피아노 콩쿠르에 나가게 되었어. 분명 집에서 연습할 때도, 무대 뒤에서 연습할 때도 완벽했었거든? 그런데 막상 무대에 올라서 관객석을 보니 내가 생각했던 것보다 엄청나게 많은 사람들이 나를 쳐다보고 있었어. 오직 나 한 사람만을. 어린 나이에 그런 광경이 두려웠던 난, 결국 그 무대에서 엄청 실수를 저질렀어. 피아노 연주를 하려니까 갑자기 눈앞이 새하얗게 돼버려서, 나도 모르게 들어보지도 못한 이상한 곡을 연주해버렸던 거야."

"……."

"그리고, 그 뒤로도 무대에만 서면……."

그녀가 울먹이는 소리를 들은 나는 그녀의 어깨를 도닥거려주었다. 방금 전까지만 해도 나의 몸이 자신에게 닿으면 바로 저항하였던 그녀가 이번에는 아무런 저항도 하지 않고, 그저 내 곁에 기대어 훌쩍훌쩍 울면서 몸을 흐느꼈다.

그녀가 했을 마음 고생을 생각하니 마음이 짠해져서 나까지 눈시울이 뜨거워졌다.

"미안해……. 알아차리지 못해서……."

가만히 생각해 보면, 오늘 부실에서 연습이 끝난 후의 그녀는 평소와는 확실히 다른 모습이었다.

평소에는 내가 쉬는 시간을 주면, 곧바로 냉장고로 달려가 비싸 보이는 아이스크림이나 과자를 꺼내 먹었을 텐데, 오늘의 그녀는 그렇지 않았다.

연습이 끝난 직후의 그녀는, 드럼 의자에 앉은 채로 몸을 축 늘어트리고 벽에 등을 기댔다. 뭐, 그러다가 그녀는 중간에 잠이 들어버렸지만, 어쨌든 그 모습은 여태껏 한 번도 본적이 없는 모습이었다.

아마 그녀가 그렇게 몸을 축 늘어트린 이유, 연습에 지친 이유는 바로 곧 다가올 무대에 대한 걱정 때문이었을 것이다. 이런 생각을 하고 있자니, 나 자신이 정말 바보 같았다. 왜 좀 더 빨리 알아차리지 못했을까, 조금만 더 빨리 그녀의 행동이 평소와는 다르다는 것을 알아 차렸더라면, 그녀에게 무슨 일인지 물어, 어쩌면 조금이라도 더 빨리 이 문제를 해결해 줄 수도 있었을 텐데…….

어째서, 어째서 나는 이리도 바보 같을까.

나 자신을 한참이나 비난하고 있을 때, 내게 기대어 있는 웨이브머리의 소녀가 갑자기 자신의 두 손으로 살포시 나의 몸을 밀어내더니, 살며시 고개를 가로저었다.

"아니야, 내가, 내가 빨리 말해 줬어야 했는데 미안해……."

"……."

이를 악물었다. 나의 이 한심함에 화가 나서. 이 학교에 전학을 와서 팀워크를 운용했던 내가 여자아이들을 제대로 파악하지 못하고 내 눈앞에서 눈물을 보이게 했다는 게 너무 한심했다.

젠장.

마음속으로 나 자신에게 욕설을 퍼부으며 두 눈을 질끈 감았다.

그러자 이번에는 반대로, 자신을 자책하고 있는 나를 그녀가 살포시 끌어안아 주었다. 물론, 그녀 특유의 작은 몸짓 때문에 나를 끌어안은 두 개의 작은 손이 내 등 뒤에서 만날 수는 없었지만, 어째서일까, 이 자그마한 손길은 내가 살아오면서 느낀 그 어떤 손길보다도 따뜻했다.

"별아……."

"미안해, 나 때문에 공연도 못하게 돼서……."

분명 나를 끌어안았지만, 나의 품속에 인형처럼 쏙 들어와 있는 그녀가 낮게 속삭인 말에, 나는 그녀를 나에게서부터 살며시 떨어트리며 말했다.

"하하, 무슨 소리야. 물론 시간은 좀 지났지만, 지금 바로 달려가면 아무런 문제도 없어."

"그게 문제가 아니잖아! 못 들었어? 내가 무대 공포증이란 소리. 오케스트라든, 밴드든, 구성하는 악기 중 어느 하나라도 빠지면 연주하는 곡 자체가 엄청나게 달라진다고!"

그녀가 두 눈을 부릅뜨고 나를 올려다보았지만, 나는 그런 그녀에게 작게 미소를 지어보이며 그녀의 머리에 한 손을 얹었다.

"알아. 방금 전에 들은 걸, 내가 기억하지 못하겠나?"

"그런데, 왜!"

"음……, 그 무대 공포증을 해결하는 건 꽤나 시간이 오래 걸릴지도 몰라. 하지만, 지금 당장 무대를 성공시키기만 하면 되는 거잖아? 수련회 때 실추되었던 이미지를 다시 살리면 일단은 되는 거잖아?"

"그렇지. 하지만 그걸 어떻게…….."

"간단해. 잠시 동안이지만, 네가 무대 위에 서 있다는 걸 잊으면 되는 거 아니야?"

"뭐……? 그런 게, 그런 게 가능했다면 진작 그랬겠지."

"그런가?"

"그래, 그런 거라고…….."

음, 잠시 생각한 뒤, 딱, 손가락을 튕겼다.

"너, 이제는 눈 감고도 이번 곡 칠 수 있다고 했지?"

"으, 응. 뭐, 네가 그렇게나 연습을 시켰으니까."

"하하, 이거 좀 미안해지는데?"

"어쨌든, 그게 뭐 어쨌는데?"

"아, 그러니까. 그냥 무대란 걸 모르게, 진짜로 눈을 감고 드럼을 치는 거야."

"뭐? 그런다고 무대란 걸 모르겠…….."

"가능해."

별이의 말을 중간에 끊고 단호하게 말했다. 그리고 다시 한 번 같은 말을 반복했다.

"가능해. 우리들이니까."

"뭐, 그게 무슨, 아…….."

드디어 그녀도 알아차린 모양이다. 내가 한 말의 의도를.

다른 학교의 밴드부였다면 분명, 학생들이 열렬히 환호하며 밴드부의 무대를 즐겼을 것이다. 하지만 우리 학교의 밴드부는 달랐다. 일명 '수련회 밴드부 사건', 이 학교에는 그렇게 불리는 사건이 있다. 분명 수련회에 간 것은 1학년들뿐이었지만, 이 사건은 꽤나 유명해서 1학년이 아닌 2, 3학년들도 한 번쯤은 모두 들어보았다고 한다.

즉, 현재 평판이 나빠질 대로 나빠져 있는 우리 밴드부에게 더 이상 환호를 질러줄 사람은 없다는 뜻이다. 거기다가 방금 그 최악의 리허설 때도 강당에 빨리 온 몇몇 학생들이 우리의 무대를 보았기 때문에, 이것은 거의 100% 확실해졌다. 아무도 우리에겐 기대따윈 걸지 않을 거란 것을 말이다.

그렇기 때문에, 별이가 그냥 두 눈을 꼭 감고 연주를 하게 되면, 아무런 환호성도 들리지 않아 평소에 부실에서 연습을 하던 것처럼 마음 편히 연주를 할 수 있으리라.

이런 나의 의도를……, 별이도 드디어 알아챈 것이다.

"하지만, 중간에 실수로 눈을 떠버리면? 그럼 끝나는 거잖아. 그 전까지는 잘 되던 무대도……."

"뭐, 그럴 때는 절대 다른 곳에 눈 돌리지 말고 내 등만 쳐다봐."

"네 등을……?"

"응, 내가 힘없고 운동은 못해도 말이지. 등판 하나는 굉장히 넓거든, 그러니까 내 등만 뚫어지게 쳐다보면 될 거야."

"……그런……, 가."

"그래, 그런 거라고."

좀 전에 그녀에게 들었던 말을 그대로 되돌려 주었다. 그러자 그녀는 쿡쿡 웃으며 내 손에 든 손수건을 뺏어 눈물로 범벅이 된 자신의 얼굴을 닦은 뒤, 자리에서 일어났다.

"가자."

그녀가 나도 일어나라는 듯 손을 내밀었다. 나는 그런 그녀의 행동에 살짝 미소를 지으며 그녀가 내게 내민 손을 잡았다.

"그래. 잘 되든 안 되든, 일단을 질러보자고."

"응!"

그녀의 대답을 들은 나는 가볍게 자리에서 일어나 그녀와 눈빛을 교환하고는, 곧바로 부실의 문으로 달려가 우리가 앞으로 헤쳐 나아가야 할 문을 활짝 열어 젖혔다.

~ ~ ~ ~

최대한 빨리 강당에 도착하기 위해 엘리베이터를 타고 곧장 1층으로 내려가려고 했지만, 마침 엘리베이터가 1층에 멈춰 있어서 차라리 계단으로 뛰어 가는 게 빠를 거라고 판단한 나와 별이는 망설이지 않고 계단으로 달려가 1분도 걸리지 않고 1층까지 도착했다.

그런 뒤, 나와 별이는 숨도 돌리지 않고 곧바로 강당으로 통하는 입구로 달려갔다.

곧이어 강당에 들어선 우리가 무대 위를 보았더니, 다행히 우리의 차례가 넘어가진 않았나 보다.

무대 한 쪽 편에서 하늘이와 바다가 마이크를 든 3학년 선배와 담당자로 보이는 선생님에게 뭔가 거세게 항의를 하고 있는 것으로 보아, 아마도 그녀들이 힘을 써준 모양이었다. 그 사실을 알아챈 나는 살짝 미소를 지었다.

그러던 그때.

"아, 저기 봐요! 저기 왔잖아요!"

무대 위에서 선생님께 뭐라 항의를 하고 있던 하늘이가 갑자기 나와 별이를 가리키면서 활짝 웃었다. 각자의 자리에 앉아 있던 학생들도 하늘이의 손끝을 따라와 나와 별이를 보았지만, 별 감흥은 없는 듯 했다.

하지만, 나는 학생들의 그런 반응은 깔끔히 무시해 주었다. 어차피 이미 예상했던 반응인데다가, 어쩌면 지금의 우리에게는 학생들의 이런 무심한 반응이 더욱 더 큰 도움이 되기 때문이다.

이런 생각을 한 나는, 나보다 한참 키가 작은 별이를 내려다보았다. 그 순간, 마침 별이도 나를 올려다보았고, 서로 눈빛을 교환한 우리 둘은 고개를 동시에 끄덕인 뒤, 천천히 무대 위로 발걸음을 옮겼다.

무대 위로 오르는 나와 별이의 모습을 본 3학년 선배가 시큰둥한 표정으로 마이크에 대고 말했다.

"아, 네. 첫 번째 무대는 밴드부입니다."

역시나 퉁명스러운 말투였다. 하지만 나는 그 말투에 오히려 만족해 승리의 미소를 지었다.

잠시 후, 나와 별이가 무대에 오르자, 하늘이와 바다도 각자 자신의 기타와 베이스를 어깨끈을 사용해 어깨에 걸어 맸고, 별이도 무대 뒤 쪽에 배치되어있는 드럼으로 걸어가 의자에 살포시 앉은 뒤, 내가 가르쳐준 대로 두 눈을 꼭 감았다.

이 모든 것을 확인한 나는 무대 정중앙에 세워진 마이크대에서 마이크를 빼내었다.

"음……, 네. 안녕하세요. 지난달에 이 학교로 전학을 와 밴드부에 들어온 나 권이라고 합니다."

그러나 역시 관객들은 각자 할 일들만 하고 있을 뿐, 아무런 반응도 없었다.

조금 씁쓸하기는 했지만, 지금은 이렇게 해주는 것이 우리를 도와주는 일이기도 했기에, 나는 그저 씩 웃어 보이며 바로 곡에 대한 소개로 넘어갔다.

"오늘 저희가 부를 곡은……, 제가 직접 작사, 작곡을 한 노래입니다. 뭐랄까, 제가 이 밴드부에 들어와서 느낀 점을 곡으로 써본 겁니다. 아직 부족한 점이 많은 저희이지만, 열심히 연습을 했으니…… 부디 잘 지켜봐주시면 좋겠습니다."

머리를 긁적이며 살짝 웃어보았지만, 역시나 반응은 없었다. 나는 '쩝'

씁쓸하게 혀를 차면서도 애써 웃음을 띄우며 말하였다.

"그럼, 노래를 시작해 보겠습니다. 준비되셨나요?"

끝까지 학생들의 반응은 없었지만, 나는 마이크를 마이크대에 다시 꽂고, 평소에 부실에서 연습을 하던 것처럼 편안한 마음으로 말했다.

"자, 애들아. 연습 시작할까?"

솔직히 말해 즉석 애드립이지만, 별이의 긴장감을 덜어주기 위함이었다. 하지만 다행히도 세 명의 소녀들은 즉시 이 말을 받아쳐주었다. 나의 오른쪽 뒤에 서 있는 하늘이와 나의 왼쪽 뒤에 서 있는 바다, 그리고 나의 뒤에 앉아서 두 눈을 꼭 감고 있을 별이가 입을 모아 크게 소리친다.

"OK!"

그 기합소리를 들은 나는 입가에 살짝 미소를 지으며 평소에 연주를 시작하자고 할 때처럼 '딱' 손가락을 튕겼다. 그러자 언제나 그랬듯이 별이가 치는 둔탁하면서도 웅장한 드럼 소리가 우리들의 연주의 시작을 알려주었다.

그 드럼 소리에 맞춰, 하늘이와 바다도 기타와 베이스 연주를 시작하여 평화로우면서도 잔잔한 반주곡이 흘렀고, 반주가 흐르기 시작한지 약 20초 뒤에 내가 노래를 부를 타이밍이 되고, 나는 마이크대로 고정된 마이크를 꽉 붙잡고 발성을 시작했다.

내가 있어야 할 장소

(부제 : Paradise~낙원~)

작사, 작곡 : 나 권

내가 있어야 할 장소는 어디일까,

 매일 방황을 하는 나.

결국 난 오늘도 또 방황했지.

난 이제 무얼 해야 할까, 어디에서 머물러야 할까.

그저, 어두운 길을 나 홀로 걸어야 했지.

그러던 내게 길이 보인 거야.

언제나 걷던 그 길도 오늘은 왠지 더 아름다워 보여.

처음엔 힘들었지만, 알고 보면 참 좋은 곳이야.

이곳, 그래 바로 이곳이 내가 있어야할 장소인 거야.

This is so beautiful sky.

너무나 아름다워.

저 하늘의 아름다움에 나도 모르게 넋을 놓지.

This is so warming sea.

너무나 따뜻해.

저 바다의 따뜻한 품속에 한 번 안겨 보고파.

Oh~

This is so cutey star.

너무 귀여워서.

저 귀여운 별의 빛에 나도 모르게 웃게 되지.

Oh, this is a paradise.

하늘……, 바다……, 별…….

This is my paradise.

두둥.

별이의 드럼소리와 함께 우리의 무대가 막을 내렸다.

나의 노래도, 하늘이의 기타 연주도, 바다의 베이스 연주도, 별이의 드럼 연주도…… 모두 끝이 난 것이었다. 약 한 달간 연습해온 우리들의 노력을, 이 무대 위에서 모두 전교생들 앞에서 선보인 것이었다.

비록 연주를 시작하기 전에도, 연주를 하는 도중에도 우리의 무대를 보고 있던 관객들은 박수도 거의 치지 않았고, 잔잔한 노래를 부를 때처럼 팔도 한 번 흔들어 주지 않았지만, 나는 이걸로 만족했다.

우리가 그 동안 열심히 연습했던 것을 모두……, 어쩌면 그 이상의 무대를 이렇게 많은 사람들 앞에서 성공적으로 선보였기 때문에 나는 이걸로 됐다고 생각한다.

"하아……, 하아……. 감사합니다."

마이크에 대고 지친 목소리로 짧게 말을 내뱉은 나는 그대로 몸을 돌려, 내 뒤에서 열심히 연주해 준 그녀들을 한 명씩 바라보며 감사의 마음을 담은 미소를 지으며 자화자찬의 박수를 보냈다.

나의 이런 마음이 전해진 걸까, 하늘이는 평소와 같은 발랄한 미소를, 바다는 차가워 보이지만 사실은 굉장히 따뜻한 미소를, 별이는 눈물까지 한 가득 흘려 방금 전 나와 부실에 있었을 때처럼 얼굴을 축축하게 적신 채로 기쁨에 가득 찬 미소를 지어보였다.

"자, 돌아가자."

내가 그렇게 말한 내가 그녀들과 함께 무대 뒤로 돌아가려는 그때.

와아아아아아아아아!

대형 콘서트 장에서나 울려 퍼질 법한 엄청난 함성소리와 함께 박수와 갈채가 쏟아졌다.

그 소리에 나와 세 소녀들은 자동적으로 뒤로 돌아, 1~3학년 통틀어 1000명도 넘는 학생들이 앉아 있은 관객석을 내려다보았다.

관객석에 앉아 우리의 무대를 지켜본 학생들, 무대 구석에서 방금 전까지만 해도 우리를 불편한 얼굴로 바라보던 사회자를 맡은 3학년 선배와 선생님, 그리고 강당 모서리에 서서 우리의 무대를 감상하시던 많은 선생님들께서도 모두들 하나 같이 흡족한 얼굴로 박수를 보내고 있었다.

이런 관객들의 반응을 본 내가 미소를 지으며 고개를 돌려 세 명의 소녀들을 바라보았다. 그녀들은 하나같이 눈가에 투명한 보석을 맺고 있었다.

그 무엇과도 바꿀 수 없는, 아주 값진 보석을.

제7장

Epilogue

1년에 한 번 밖에 열리지 않는 우리 학교의 축제 야명제가 끝난 다음날, 우리는 오늘도 점심시간에 이곳 부실에 집합했다.

뭐, 평소에는 그냥 놀고 먹고 자는 등 각자 할 일을 하기 위해서 모이는 것이었지만, 오늘은 평소와는 달리 모인 목적이 따로 있었다.

바로, 어제 축제 때 우리가 선보인 무대의 동영상이 학교 홈페이지 동영상란에 올라왔기 때문이다.

그렇기 때문에 오늘은 평소처럼 각자 개인 활동을 하는 게 아니라, 모두들 교탁에 있는 컴퓨터 앞으로 모여 모니터 화면을 들여다보고 있었다.

"아, 빨리 좀 들어가 봐요."

"조, 조금만 기다려 보렴. 컴퓨터 렉이 좀 심하네."

선생님이 하늘이의 말에 당황한 목소리로 대답하신다.

"아아, 왜 이렇게 렉이 심해애애!"

이번에는 별이까지 합세해 칭얼대기 시작한다.

"아, 이제 좀 렉이 풀렸네."

선생님이 그렇게 말하자, 학교 컴퓨터의 느린 속도에 지쳐 있던 하늘이와 별이가 순식간에 모니터로 얼굴을 들이밀었다. 정말 한 순간에 태도가 바뀌는구나.

그러나 렉이 풀린 것으로 기분이 좋아진 것은 하늘이와 별이 뿐만이 아닌 모양이다. 선생님께서도 좀 전의 당황하신 모습은 온데간데없이, 학교 게시판의 동영상 카테고리를 집중해서 클릭하고 계셨다.

물론 오늘 학교 홈페이지에 올라온 동영상은 우리 밴드부의 무대만이 아니라, 다른 학생들의 장기자랑, 댄스 동아리나 연극부의 무대도 올라왔기 때문에, 그 동영상들을 보기 위해 다른 사람들도 이 동영상 카테고리를 열심히 클릭을 하고 있을 것이다. 그 덕분에 이 카테고리를 클릭 하는 것을 스위치로 다시 한 번 컴퓨터에 지옥 같은 렉이 찾아왔다.

결국 다시 좌절감을 겪으려던 그때,

"어, 이거 뭐야?"

하늘이가 검지를 세우더니 모니터에 띄워진 화면에서 무언가를 가리켰다.

하늘이의 손가락 끝이 가리키고 있는 곳을 따라가 보니, 그곳은 '신문부 게시판'이라고 이름이 적혀 있는 소규모 게시판이었다. 그중에서도 하늘이가 가리키고 있는 것은 '신문부의 갑작스러운 깜짝 인터뷰! −밴드부 편−' 이라는 제목의 글이었다.

그 글을 본 우리는 다들 하나같이 호기심 가득한 표정으로 그 글의 제목을 유심히 바라보았다.

"궁금해? 눌러볼까?"

그 글의 제목 위에 마우스 커서를 올리며 선생님이 뱉은 말에 우리들은 하나같이 '네~!' 하고 기대하는 목소리로 대답하며 고개를 끄덕였다.

우리의 반응을 확인한 선생님은 결국, 가뜩이나 렉이 걸리고 있는 컴퓨터로 다른 게시글을 눌러 보았다. 그랬더니, 방금 전의 동영상 카테고리와는 달리, 매끄럽게 들어가졌다. 아마 동영상 쪽은 너무 많은 사람들이 들어가서인 듯하다.

하지만 지금 우리들은 이 신문부의 인터뷰에 관심이 집중되어 있을 뿐이다.

이게 대체 뭘까라는 생각으로 글의 내용을 유심히 바라본다. 뭔가 내용이 조금 익숙한 기분도 들지만 분명 기분 탓이겠지?

"음~, 이게 뭐지? 난 이런 인터뷰한 기억은 없는데?"

하늘이가 의문 가득한 표정으로 고개를 갸웃거리자, 옆에 있던 별이도 맞장구 쳤다.

"응, 나도 없어."

별이가 대답함과 동시에 하늘이와 별이의 시선이 자동적으로 바다에게로 향했지만, 바다도 역시 고개를 가로저으며 부정했다.

결국,

"그렇다는 건……."

하늘이와 별이의 시선이 최종적으로 나에게 이르렀다.

그러나 나도 전혀 모르는 일이기에, 거세게 고개를 가로저으며

"나도 아니야!"

강하게 부정했다. 솔직히 누가 이런 자만심 넘치는 대답을 한단 말인가, '제가 연습을 많이 시켜 놨으니 기대하세요.' 라니, 대체 누가?

"어라, 이 밑에 동영상도 있네?"

그런 말을 한 사람은 지금 컴퓨터 앞에 모여 있는 무리들 중에서도 유일하게 의자에 앉아 마우스를 잡고 있는 선생님이었다. 선생님의 말을 들은 우리들은 또 한 번 호기심 가득한 얼굴로 그 동영상을 바라보았다.

선생님의 손에 따라 움직이고 있는 마우스 커서가 천천히 이동하여 동영상 재생 버튼으로 향했고, 동영상이 재생되자, 동영상 속에는 어째서인지 정말로 익숙한 장면들이 연출되고 있었다.

갈색으로 염색한 머리를 잘 정리한, 꽤나 잘생긴 얼굴을 가진 소년이, 녹음기로 추정되는 무언가를 자신에게 들이밀고 있는 한 여학생에 의해 궁지

에 몰려 있고, 이 상황이 뭐가 우스운 건지 카메라맨이 키득키득 웃는 소리가 들리는 동영상 속의 이 상황……, 왜 이렇게 익숙한 걸까?

그때였다. 기억난 것이다. 이 동영상의 실체를.

"아, 그러고 보니 어제 오전에 갑자기 우리 동아리실로 신문부 선배들이 습격하셔서 나한테 막무가내로 인터뷰 했었던 것 같아."

나도 모르게 입 밖으로 소리쳤다. 그리고 동시에, 나의 주변으로부터 검은 오라와 함께 오싹한 한기가 느껴졌다. 그 한기에 나는 컴퓨터를 향해 숙이고 있던 몸을 일으킨 뒤, 부르르 몸을 떨었다.

그제야 나와 같이 상체를 일으킨 세 명의 소녀들에 의해 내 몸이 포위되어 있다는 것을 눈치챘다.

"어, 어라. 왜, 왜 그래. 얘들아?"

어색한 미소를 지어보이며, 떨리는 목소리로 말했지만, 내게 돌아온 대답은 하나 같이 싸늘한 대답들뿐이었다.

"낙원아, 이 인터뷰는 대체 뭘까?"

"제가 연습을 많이 시켜놨으니 수련회 때처럼은 되지 않을 겁니다라고?"

"후후, 꽤나 흥미로운 말을 했구나, 인간."

어제 인터뷰에서 말 한 마디를 잘못한 것 때문에 제대로 궁지에 몰려버린 나는 한걸음, 한걸음, 뒷걸음질을 치려고 했지만, 교탁과 칠판 사이에서 세 소녀들에게 둘러싸여 버린 내가 아무리 뒷걸음질을 쳐봤자, 바로 뒤에 서서 나의 퇴로를 막고 있는 칠판에 의해 교복에 분필가루만 묻을 뿐이었다.

"어, 어라? 다, 다들 왜 이러는 걸까? 그, 그리고 바다야, '인간'이라니, 차, 참 오랜만에 들어 보는 명사로구나. 하하, 하하하하."

그러나 역시, 이런 말이 지금의 그녀들에게 통할 리가 없었다.

"낙원아!"

"각오는 됐겠지?"

"후후후."

"이, 이보세요? 자, 잠깐만요! 으, 으, 으아아아악!"

소녀들이 나에게 다가온다. 늘 멀리에 있던 그녀들이 나를 향해 서 말이다. 더 이상 물러설 곳도 물러날 필요도 없는 우리가 있는 이곳 야명 고등학교 밴드부가 나는 좋다.

이곳이 바로 '내가 있어야 할 장소'이니까.

후기

안녕하세요. 저는 많은 사람들이 읽고 즐거워할 수 있는 글을 쓰는 것이 꿈인 작가 지망생입니다. 학교 책쓰기 동아리에서 책을 출간한 것만으로도 영광이었는데, 제 이름이 적힌 책이 서점에까지 놓이게 된다니 정말 기쁩니다.

이 글을 동아리에 제출하기까지 많은 일들이 있었습니다. 제출 기간이 10월이었는데 5~8월에 슬럼프가 와서 공모전에서 낙선했고, 9월이 개인적으로 준비 중인 공모전 마감 기간이었습니다. 뒤늦게 정신을 차리고 허겁지겁 원고를 제출했더니 이것저것 수정할 게 많아서 원고를 쓸 때보다 퇴고의 과정에서 더 많은 노력과 집중력을 투자해야 했습니다.

한 편의 글을 쓰는 과정에서 겪는 어려움과 그것이 하나하나 해결될 때의 기쁨과 쾌감, 글을 다 쓴 후의 아쉬움까지 이 모든 것이 저에겐 무엇과도 바꿀 수 없는 소중한 경험이 되었습니다.

아직 부족한 점이 많은 저의 글을 읽어주신 독자 여러분들 감사합니다. 다시 만날 때에는 지망생이라는 수식어가 지워져 있으면 좋겠네요.

최재식